凱信企管

用對的方法充實自己，
讓人生變得更美好！

凱信企管

用對的方法充實自己，
讓人生變得更美好！

全國高中生英文單字比賽冠軍的私密筆記

英文字神教你三大記憶法，帶你從學習中脫困，大考逆轉勝

使用說明 User's Guide

股神巴菲特說：「在錯誤的道路上，奔跑也沒有用。」
邀請你，跟著我一起走上「以學習者的角度」所提供的一條記憶單字的正確道路，不浪費一分一秒，直奔成功目標！

背 單字的方法－單字筆記

我花了很多時間苦思背單字的方法，但任想不到一個感覺會有速效的方式。突然，我有**或許可以幫我記單字記得比較熟吧？！**」於是的 Word 文書處理器，翻開單字書的第一頁，頁，每一頁裡所有不會的單字都 key 到 Word的單字也不放

記憶單字必學的相關元素

的概念，也沒

成了「單字筆

基本上，我把學習單字的元素

1. 搭配詞

2. 同義詞和反義詞

suffer existen

3. 中英文解釋

contract mur

sensitive su

4. 語言歷史和神話故事跟單字的

5. 一字多義及多重詞性

▶ 第一章《如何和英文拉近距離》

説到英文，大部分的人都會搖搖頭吧！沒錯，學英文若是沒有找對方法，真不是件有趣的事啊！

以我個人經驗覺得，想要學好英文的第一步，就是要先喜歡上英文。但，有可能嗎？可以的。本章節就要分享我愛上英文的撇步，以及記憶單字的必要六大元素；此外，還特別**介紹了德國心理學家艾賓浩斯所提出的「遺忘曲線」理論**，分享怎麼安排記憶單字的進度，不僅能讓你拉近與英文的距離，更能完成學習目標。

▶ 第二章《英文單字三大記憶法》

記憶單字的方法真是百百種，哪一種最好？你一定也很頭痛！

本章節是全書的核心論述，也是我記英文單字突飛猛進的祕密武器，不僅讓我熟習 7000 單，更幫助我在短時間內累積了數萬單字量。

其三大方法分別是：字根字首字尾、格林法則、語音表意。從中你可以看到，我分享如何把這**三大方法融會貫通**，讓記單字的速度更有效率，也更容易。

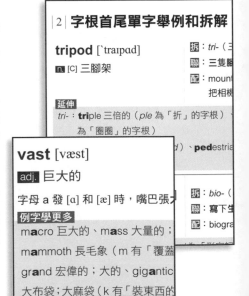

2 字根首尾單字舉例和拆解

tripod [ˋtraɪpɑd]

n. [C] 三腳架

拆：tri-（三

聯：三隻腳

配：mount

把相機

延伸

tri-：**tri**ple 三倍的（ple 為「折」的字根）

為「圈圈」的字根）

d）、**ped**estria

vast [væst]

adj. 巨大的

字母 a 發 [ɑ] 和 [æ] 時，嘴巴張大

拆：bio-（

聯：寫下生

配：biogra

例字學更多

macro 巨大的、mass 大量的；

mammoth 長毛象（m 有「覆蓋

grand 宏偉的；大的、gigantic

大布袋；大麻袋（k 有「裝東西的

▶ 第三章《英文學習工具介紹》

我們身處網路發達的世代，知識更是無遠弗屆！但也因為免費資源眾多，怎麼選擇，也很傷腦筋！本章節我分享了豐富的自學資源，包含網站、字典、書籍等，完整的使用步驟（附上 QR Code）與清晰地說明其不同功效，讓你能**快速真正學會善用好的工具，學習如虎添翼**。

---

5 | Online Etymology Dictionary（線上字源學字典）

Online Etymology Dictionary 是頗具規模的線上字源學字典，學術味比較濃厚點，需要一點耐心，要花一段時間才能理解。

首先在 Google 打上 Online Etymology Dictionary 就可以查到這個字典了。

進入這個字典，首先映入眼簾的是搜尋欄位

---

3 | Youglish

學英文，當然免不了要開口，
話，但是有時候會遇到單字不會唸
懂音標的情況，又或者想知道外國人
講，這時候 Youglish 就可以派上用場

▶ 第四章《番外篇》

許多人在記單字時，只認真記得要拼對單字，但對其發音卻不甚重視；而這也是許多學單字的人常常忽略的重點。發音對學單字其實有很大的影響，本章節我將分享其間的關聯性，讓你能從中找到學習領先的關鍵之外，我更要**分享我高中三年所做的單字筆記**，想跟我一樣有志學好字彙的你，或許能從中找到屬於你自己做筆記的方法，讓學習更突飛猛進。

---

mook jeer boo taunt intent revolve soak tin zinc bronze trim
patriot patriotic expatriate militia pilgrim ritual pilgrimag
escort cell verdict nominate nomination nominee curb
prick cactus cacti cathedral basilica shrine braid brooch
magnify bass oxygenated carp trout folklore yarn

你可以看到三角形的符號愈來愈多，表示單字忘
高，但會忘記的都是那些短單字，可見能夠拆解的單
記憶！

---

condense dissident dissent dictatorial activist
baffle perplexing bland blunder brisk cate
bigheadedness conceited conquest contractor ad
cynical cynicism dubious truant dusk disciplinary
dosage dynamite intellect imminent extravagant
erode corrode etiquette exempt faction fling cr
ball hypocrisy fraudulent maniac ingenious

從這時候開始，我會加上字根首尾的意思
源。掌握字源，搭配著格林法則，就可以解決很
知道這個方法該有多好啊！

英文學習的成功致勝關鍵與典範

陳定宏（國立員林家商校長／教育博士／建築師）

　　非常榮幸能為大家推薦作者莊詠翔，一位就讀國立員林家商應用外語科的平凡高職學生，**在高二時即榮獲「2017 全國高中職學校英語拼字競賽冠軍」**，目前是臺北科技大學大一新鮮人，年紀雖輕但才華洋溢，能以其勤學努力的學習歷程經驗與心得，出書分享獨特有效的英文學習模式，十分值得殷殷學子看齊學習。

　　英文的重要性人人皆知，單字記憶與運用幾為關鍵，我國乃非英語系國家，面對全球化世界村的競爭趨勢及國際移動力需求，英文仍是現階段國人主流學習的重要外國語，英文程度水準直接影響未來世代的工作權，甚或國家競爭力，至關重要。個人在教育界服務多年，深知許多學生特別是職校學生，在面對英文學習時所產生之障礙、無奈、畏懼甚至逃避，有心學習卻往往成效不彰；再由教學現場觀察及各種學習成效測驗與數據分析皆顯示，有極大比例的英文學習者，多以傳統的背誦方式學習，經常費盡心力與時間，仍不易達成預期理想的學習效果，究其原因，往往是缺乏良好合適的學習環境、師資引導、學習方法與工具等因素。

　　欣見自本校畢業的詠翔，能在英文浩瀚領域中，展現學習的熱情與成效；詠翔在進入員林家商前，對英文雖具有興趣，但並未能找到真正致勝的訣竅與巧門，而在員家應用外語科師長們啟發引導下，詠翔開始激發對英文單字學習的熱情，最初僅以自己獨特的方式，勤作筆記自學強記，然自覺雖有進步，仍未達理想無法突破，

後來遇到了英文單字記憶學習的暢銷書作家楊智民老師，開始接觸學習三大記憶法後，便開始了詠翔的「英文奇幻之旅」，短短期間單字記憶功力則猶如猛虎出柙，勢不可擋，突飛猛進。詠翔在校時即有「英文學霸」稱號，果不期然，在高二時即參加「全國高中職學校英語拼字競賽」，一舉奪冠，一鳴驚人，可謂英雄出少年，也證明了紮實努力與有效學習的成果。

詠翔謙虛，自認是幸運地能值遇師長們悉心指導，進而學習到有效的英文學習方法，但我卻看到詠翔比他人更勤奮不懈的精神與毅力，有著堅定目標，並堅持努力的深入學習，終有所成，著實令人感動。在學期間，所有校內外大小的英文教學活動或競賽學習機會，詠翔都積極參與，全力以赴。如果詠翔可謂青年成功經驗的學習典範，我會認為詠翔**「勝利成功方程式」之要素包含：立志攻讀的學習目標、積極不服輸的態度、良師的鼓勵指引、正確的學習方法、有效的學習工具、豐富的網絡資源以及勤學的力行實踐等。**也因此能如願進入臺北科大應用英文系繼續深造，朝熱愛的英文夢想前進。詠翔積極努力，是個懂得感恩與回饋的有為青年，因而願意將成功的學習歷程經驗，轉化為可分享流傳的文字著作，為英文學習奉獻心力。

本書極具高度學習參考價值，內容非常豐富實用，除有詠翔親身學習的心路歷程與經驗分享外，更能有系統地介紹了真正能快速提升記憶英文字彙能力的三大有效記憶法、有效的英文學習工具，加上學習筆記及英文發音與字彙之相關參考等，可讓更多有志英文學習者，能按圖索驥，事半功倍，輕鬆有效的學習。

身處競爭激烈的多元時代，如何能有效學習英文，以達成字彙運用自如與溝通無礙之目標，實是求學、考試與職場上致勝之關鍵，本書能為讀者分享有效複製成功的學習經驗，並提供優良的學習方式與成效，深值推薦及深入賞析！

厲害、熱情，沒鋒芒

丁淑芬（國立員林家商教師）

他，可以委以責任。眾所周知，校長室的窗明几淨必須最高規格，當他負責這個魔鬼級的打掃場域時，清掃能力及態度得到讚賞。

他，很有趣。十八歲的他能唱出阿吉仔「命運的吉他」的滄桑，能在三天畢業旅行時接受同學一再起鬨唱上二十遍、唱到失聲而不以為忤。

他，不藏私。下課時間手拿粉筆解說數學的身影；主動分享整理得井然有條的筆記；熱情地傳播背英文單字的技巧，希望更多同學熱愛英文的共好無私。

他，有高人氣。成績名列前茅，但不是書呆子；個性不服輸，但是可親的對手；說話有時毒舌，但不失詼諧、傳神。

他就是我所認識的詠翔－一個厲害、熱情，沒鋒芒的男孩。

「單字量的多寡攸關英文能力的提升，但是，背，單，字。爆難！」

如果這是你心中的 OS，請你打開詠翔的這本「武功祕笈」，他讓記憶英文單字有了可依循的規則，不再那麼索然無趣。

在正確的道路上學英文

陳冠名（字根首尾分析神人）

今年二月時，智民老師和我介紹莊詠翔同學給我們的恩師莫建清教授，他對詠翔的背景和實力感到十分驚豔。莫老師是英語構詞學、格林法則和語音表意記憶法權威，教授字彙超過四十年，培育的英文高手不計其數，但卻從沒看過一位成功的學習者，居然是來自名不經傳的高職學校。類似的疑惑或驚訝普遍存在我們周遭的英文老師，他們第一次聽到莊詠翔，總覺得他是什麼社經背景良好子弟，或者是什麼明星學校學生。詠翔成功的例子，給我們基層的英文老師莫大的鼓舞，也給莘莘學子莫大的啟示：只要有方法，有決心，人人都可以讀好英文。

弱小並不可恥，可恥的是不去變強！詠翔在高一時，在學校的單字小考還常常在及格的邊緣，但他心生一股「我不想輸」的心情，去書店找書，找方法，最後發現字根、字首、字尾的奧妙，開始知道利用字根、首、尾的方法，突破以往傳統死背單字的方式。高二碰到楊智民老師，彷彿是千里馬遇到伯樂。智民老師教授詠翔格林法則、印歐詞根、語音表意，以及單字的考據方法，詠翔彷彿被打通任督二脈，**短短半年內，功力倍增**，在十六歲就擊敗一百多位名校高手，拿到「全國高中生單字比賽冠軍」，被同學譽為「學霸」和「字神」，是同學與學弟妹的偶像。更難能可貴的是，上了大學後，詠翔不但教同學如何記憶單字、學英文，更常常回到母校，把經驗傳承給學弟妹。

智民老師和我的共同著作，由凱信出版的《我的第一本格林法則英文單字魔法書：全國高中生單字比賽冠軍的私密筆記本，指考、學測、統測、英檢滿分神之捷徑》，詠翔除了協助此書標註粗體，也從頭到尾試讀，共同見證此書驚人的學習效益。而很高興地，此書上市不到半年，就得到讀者的熱情支持和肯定，已經邁入九刷。更開心的是，現在凱信將詠翔的學習祕密出版成書。在這本書中，詠翔不藏私地公開他的學習英文的筆記與方法，相信一定能讓更多人受惠，進而愛上學英文。

　　股神巴菲特（Warren Edward Buffett）曾說過：「**在錯誤的道路上，奔跑也沒有用。**」（**There is no use running if you're on the wrong road.**）如同恩師莫建清所言，國人學不好英文，記不起單字，是因為找不到正確的道路。長期以來，我們普遍被灌輸一個錯誤的觀念，背單字就是要苦學苦背，這種不提供方法的方法讓大多數人認定記憶單字必須非常辛苦，形成了心理負擔和壓力，造成恐懼與排斥。哪些是不提供方法的方法呢？有一派人士主張背字典，每天幾點起床背，至少幾個小時背，一天撕掉一頁背，其實撕掉這一頁字吃進肚子裡就能記住嗎？事實上就像愚公移山一樣，浪費生命在不美好的事物上。另一個方法就更多人使用了，也就是詠翔最早期的方法，隨身攜帶一本筆記本，看到生字就抄，聽到生字就記，可是就像一本流水帳，毫無條理可言。還有更多人，拿單字卡來記憶單字，一個單字一條解釋，一疊卡片放在手裡，無論在家裡或學校，在公車上或廁所裡，一張一張地翻，一張張地記，這種苦讀精神好像值得欽佩，可是同樣的，並不是最經濟、最有效率

的方法。上述這些方法之所以不好，是因為背字典，或者用本子、卡片記下來的單字和解釋都是孤立的，彼此無關聯性，而無論是單字、人名、數字，只要是無關聯性，我們都很難記住。那，什麼是正確的方法呢？個人認為，記單字是一種心理活動，如果我們的方法符合心理學的原則，我們就會記得順利，反之，如果我們不考慮人腦神經是怎麼作用的，那就違反自然法則，收效不大，甚至徒勞無功。以詠翔書中所提到的字根字首字尾法為例，如果我們看到television(電視) 這個字，可以去拆解它，得到 tele（遠）+ vis（看）+ ion（名詞字尾），那麼我們對 television 這個字就有更深的理解與更清晰的印象，記得牢也不容易忘，因為就心理學而言，加深理解就是鞏固記憶的最好方法之一。此外，透過字根字首字尾法，我們不但能加強對 television 的記憶，更可以透過「有根據的推測」(educated guess)，來學習更多單字，達到「字以群記」、「辨字釋義」的效益，如 tele（遠）+ phone（聲音）是 telephone（電話），tele（遠）+ photo（照相）是 telephoto（遠距照相），tele（遠）+ gram（寫）是 telegram（電報），super（在上面）+ vis（看）+ e 是 supervise（監督），re（再）+ vis（看）+ e 是 revise（修正），in（不）+ vis（看）+ ibe（能……的）是 invisible（隱形的）。

　　去年，在莫老師的鼓勵下，與金牌指導教練魏延斌老師，以及格林法則專家楊智民老師，成立了**「格林法則魔法學校」**。格林法則魔法學校正是集合全世界格林法則、構詞學和字源學高手一起切磋、學習的地方。我們希望能提供英文學習者一條正確的道路，有效率地去學習英文，消除大家對於單字記憶的抗拒。在格林法則魔

法學校，我們不只要當一堂課的同學，還要成為一輩子的朋友！莊詠翔的成功經驗和出書，讓我們備受激勵。我們有種使命感，希望秉著莫老師的精神，能繼續往下紮根，提供養分，將有效率的英文單字學習方法，無私地、毫無保留地傳播出去，培育更多的莊詠翔們！

　　恭喜詠翔出書，提供了一條記憶單字的正確道路，也恭喜這本書的讀者，你們在正確的道路上學英文！

英文「詠」不服輸：在單字的穹蒼恣意翱「翔」

陳儀芳（國立員林家商應用英語科主任）

身為英文教師，我常播放一部叫做《*Akeelah and the Bee*》（中譯：拼出新世界或阿基拉和拼字比賽）的電影給學生看，這部2006 年的電影主角 Akeelah 受已逝父親的影響，對英文拼字特別有興趣。但終究因缺乏有系統的記憶方法，在第一次參加區域拼字比賽時就差點落敗，直到她虛心接受了一位英語教授 Dr. Larabee 的培訓，學習字根首尾的拆解、理解英語單字的字源、及運用遊戲和廣泛閱讀的方式記憶單字，最終在全國拼字大賽拿下冠軍！

如此熱血的情節，沒想到竟然活生生在員林家商應用英語科上演！我常常把此書作者莊詠翔和打開他單字記憶開關的楊智民老師，想像成電影裡面的主角 Akeelah 和他的老師 Dr. Larabee。原本就有些英文實力的詠翔，因不服輸的個性，在高一時便一頭栽進了遼闊的英文單字天空，加上在高二時接受智民老師的薰陶，憑著強大的內在學習動機，逐漸長出了**字根首尾、格林法則、語音表意**三張堅固無比的單字記憶翅膀，造就高中畢業前不僅拿下**全國高中職英語拼字比賽冠軍**，更通過**全民英檢中高級**及達到**多益幾近滿分**，這些對很多高職生來說是天方夜譚的事蹟；如今詠翔更接受了出版書籍的挑戰，師長們都樂見其成，學校也因這麼一位優秀校友而倍感光榮。

閱畢此書，我有三個強力推薦的理由：

1. 坊間教導英文單字學習的書籍不少，但作者多是擔任老師、教授

的英語教學專家，已脫離學習者的角色許久，相對無法客觀的站在學習者的角度看待學生在學習單字過程中發生的困難。**此書最大的特色在於作者以學習者的觀點，揭露了自己從高一在記憶單字時的過程是如何一步步發現自己的不足之處並找出對策，也藉由觀察身邊的同學歸納出一般學生背單字時會產生的疑惑。**特別喜歡書中可看到大量詠翔的自我思考過程，沒有過多艱澀的學術用詞，讀來輕鬆有趣。透過詠翔和自己及和同學的對話，學習者必能產生共鳴，並依著書中的引導解開單字密碼。

2. 一開始說的 *Akeelah and the Bee* 這部電影，裡頭所提到的字根首尾拆解、字源學及廣泛閱讀，是將英文單字牢記的不二法門，很多英文老師也多少會在做單字教學時強調這些觀念，但詠翔在本書中更進一步深入淺出地介紹了**格林法則轉音模式及語音表意記憶法**，後者是多數老師未觸及的領域，殊不知有了後面兩種方式的相輔相成，更能幫助學習者單字量倍數增長，看完書的同時，連身為英文老師的我都默默的背下了好多之前也不會的單字呢！

3. 以三大記憶法記下來的海量單字，若不知道其發音、搭配詞、和用法的話，也就失去英文作為溝通工具的意義，因此作者以自身實際使用經驗在第三章詳細介紹了大量的英語學習工具，包含字典、網站和書籍，補足了單字應用在口說和寫作這塊，也才發現，花再多錢上補習班，都不及學習了三大記憶法後靠這些免費的線上工具**持續自學**，詠翔便是自學單字的最佳成功典範。

　　簡而言之，本書含金量高且實用度破表，是本適合英語學習者、也適合英語教學者看的好書！

技職少年的成長史：
莊詠翔的英文私密筆記大公開

楊智民（格林法則研究專家）

　　這幾年，我在工作之餘投入大把時間，戮力推廣優質且高端的單字學習方法，經常在講座和臉書上分享單字考據和學習方法，無怨無悔、從未藏私，無非就是希望幫助國人克服單字學習恐懼，縱橫字海，熱愛英文。上課時，我也融入各種學習方法，透過字根字首字尾、格林法則、語音表意（義）、心智圖、桌遊等方法來幫助學生學習單字，學生眼界大開，彷彿從五里霧中清醒過來，走了多年的冤枉路，在找到正確的學習方法後，從此步上康莊大道，學習順遂。

　　在所有門生之中，讓我印象最深刻的是本書作者莊詠翔，他在字彙研究上所下的功夫，令我由衷佩服，高二在我的指導之下，學會字源考據方法及語音轉換，打通字彙學習的任督二脈，加上他原本就擅長的字根首尾，將幾個方法鎔鑄一爐，字彙功力大增，勇奪全國英語拼字冠軍，實至名歸，青出於藍更勝於藍。讀者從這本書可以感受到詠翔的堅毅卓絕、努力奮發的精神。

　　這本書是一部少年的成長歷史，細數詠翔的英文學習歷程，詠翔是將我所寫的幾本書融會貫通的箇中佼佼者，也是集單字學習之大成的年輕高手。詠翔的新書架構是由我和他討論所擘劃出來的，而全書內容是由他親筆所寫，這本書是《我的第一本格林法則英文單字魔法書：全國高中生單字比賽冠軍的私密筆記本，指考、學測、

統測、英檢滿分神之捷徑》的姊妹作，讀者閱讀兩本書，從此單字學習無礙。

我在審訂本書時，發現這個年輕人的創意和努力，超乎我的想像，後生可畏，令人不敢小覷。Charles Kettering 曾説過：「High achievement always takes place in the framework of high expectation.（高成就永遠是在高度期待的前提下所產生）」。詠翔自我要求甚高，對自己有高度期待，論述擲地有聲，書中精彩之處，俯拾即是，讀者細細品嘗，心領神會，當可獲益良多。詠翔以大一學生的身分出書，**我不知道他是不是全臺灣最年輕的語言學習書作者，但我可以確定的是，他是就讀技職體系出身的一位成功的英文學習者，他的成功學習經驗值得每個高中職生借鏡，也值得教師和家長參考。**究竟一個技職體系出身的學生是怎樣脫穎而出，如何自學走向成功，最終所累積的單字量比老師都還要多，閱讀這本書，聽作者現身説法，相信不會讓你失望。

以下玆針對全書四個章節介紹：

第一章《如何和英文拉近距離》，除了簡介詠翔如何從不愛唸書到全國英語拼字冠軍的學習歷程外，也分享了許多英文單字學習所需具備的基本概念，他以全國英語拼字冠軍的角色介紹記憶單字的六大元素：搭配詞、同義詞及反義詞、中英文解釋、語言歷史和神話故事跟單字的關聯性、一字多義及多重詞性、閱讀的重要性，讀者需細細品味。此外，詠翔介紹了德國心理學家艾賓浩斯所提出「遺忘曲線理論」，跟讀者分享怎麼安排記憶單字的進度，有科學根據，極有説服力。

第二章《英文單字三大記憶法》，是本書的核心論述，也是詠翔功力突飛猛進的祕密武器，不僅讓詠翔熟習 7000 單，更幫助詠翔在短時間內累積了數萬單字。這三大方法是我近年來戮力推廣的方法，若讀者先看了詠翔的書，再來閱讀我的著作，會有更深的一層體悟。

　　其三大方法分別是：字根字首字尾、格林法則、語音表意（義）。首先，字根字首字尾的書汗牛充棟，書局的架上琳瑯滿目，但要怎麼挑、怎麼學，需要訣竅，詠翔在書中毫無保留的分享他的方法給大家。再來，格林法則這幾年經我推廣，已逐漸開花結果，學習者眾，如果還有疑問，甚至是還不知道怎麼使用的讀者，不妨看看詠翔的介紹。最後，語音表意（義）是很有趣的一個方法，強調「語意藏聲音裡」，光聽發音，讀者就可以猜測語意，讀者不妨唸唸spr 子音群，是否感受到一股強大氣流從口中迸發而出，因此含有spr 的單字大多有「擴散」的意思，像是：spread, sprinkle, sprout, spring 等。

　　第三章《英文學習工具介紹》，詠翔分享豐富的自學資源，包含網站、字典、書籍等，俗話說：「工欲善其事必先利其器」，善用這些工具，學習才能如虎添翼。詠翔對於線上字典、YouTube 頻道、學習網站深入研究，我在審訂本書時，才發現原來 Cambridge Dictionary、Longman Dictionary of Contemporary English 等辭典具有遊戲、發音練習、文法練習等眾多學習功能，科技日新月異，免費資源眾多，若能善用這些功能，必能大幅提升學習成效。此外，詠翔介紹六本中文、英文字彙學習書籍，並以親身的使用經驗，詳

加說明。這六篇介紹是六把開啟讀者進入優質學習叢書殿堂的鑰匙，是相當寶貴的參考資源。

第四章《番外篇》則收錄詠翔對於發音和字彙學習的看法，對重音的學習提出真知灼見，也提到透過字尾學習，可以預測單字重音，提高單字發音的準確度。他也提到學習者常在非重音節發錯音，特別提醒學習者要注意 schwa 這個央元音。如果學習者想知道自己的單字量，更可使用 Test Your Vocabulary、Vocabulary test 這兩個網站。最後，詠翔大方分享他歷年所做的單字筆記，有志學好字彙的讀者，務必仔細閱讀，思索自己做筆記的方法。

我有幸見證年輕一代的英文高手誕生，立志持續培養下一代的高手，因應 108 課綱課程變革，我在國立員林家商的應英科高一開了《字彙方法學》，在高二開設《格林法則理論與實踐》系列課程，希望能夠將優質的學習法傳承下去，我曾邀請詠翔到我的班上分享學習方法，學弟妹都深感佩服，聽得如癡如醉。我發現不管課綱怎麼變化，學生背單字時還是備感艱辛，偏偏國內老師甚少傳授單字記憶策略，死記硬背的學生仍居多數，也發現部分家長和學生找尋偏方，用古怪的方法記憶單字，無異是飲鴆止渴，不僅無法突破困境，還造成整體單字力下滑。要怎麼衡量單字力呢？「單字商數」（Vocabulary Quotient, VQ）是一個客觀指標，單字力提升，後續的英文學習也可較順遂，期盼讀者讀完這本書後，找到正確的單字學習方法，大幅提升 VQ，成功學習，熱愛英文。

莊詠翔

生日：90 年 03 月

出生地：彰化縣花壇鄉

家庭成員：阿嬤、爸爸、媽媽、哥哥和我，共五人。

學歷

- 108 年畢業於國立員林高級家事商業職業學校（簡稱員林家商）。

「員林家商」是我在考完會考、謹慎考慮後所做的選擇。

國中的我不愛讀書，三年級的晚自習也不夠認真，因此會考成績並不理想。

當時之所以選擇員林家商就讀，是因為想要能繼續攻讀英文，同時聽說員林家商的應用外語科師資陣容堅強，所開設的課程也都很扎實，所以選擇了這所有應用外語科的高職學校就讀。

回顧這三年的學習，應用外語科除了讓我在英文各方面的知識有所提升，也提供我許多做人處世的學習機會。除此之外，校內舉辦了不少的競賽，像是：英語朗讀比賽、英語寫作比賽、英語話劇比賽、英語預告片比賽等，科內老師籌備活動都相當用心，而我也把握每次能參賽的機會，高中三年以來，不曾錯過任何一場比賽，這不僅對訓練自我的膽量很有幫助，也逐漸茁壯、厚實了我的英文實力。

● 現就讀於國立臺北科技大學（簡稱北科）應用英文系。

經歷

2017 全國高中職學校英語拼字競賽（不分組）冠軍

（全國高中職英語拼字競賽冠軍證明）

【自序】
一本完全從「學習者」角度出發的語言學習書
莊詠翔

讓你對「背單字」完全改觀

　　背英文單字對很多人來說，一直都是一件苦差事，背了忘、忘了背，惡性循環，永無止境，在語言學習的第一關卡止步，英語學習注定要失敗。高中時，我常觀察身旁的同學，看他們是怎麼背單字的。有些同學不斷複習著老師指定的單字書；有些則是自己做筆記，認為多寫幾遍就能記起來；更有些是對背單字反感，抱著不得已而為之的態度。這樣的背單字方法，據我了解，是許多高中生都曾經有過的夢魘。

　　經歷自我探索，為自己量身打造一套單字記憶方法後，我也開始思考身邊同學背單字的缺點，我歸類出以下三點：死記硬背、發音錯誤、仰賴中文。高二時期，我使用了本書三大記憶方法的其中兩項，分別是字根首尾和格林法則，憑藉著這兩種方法，就幫我解決大部分的 7000 單字，等到高二上背完 7000 單後，我很有心得，也常和同學分享這兩種記憶方法。一直到了高三畢業後，我接觸到了語音表意，直到那時候才知道，原來還有這種有趣又有效的單字記憶方法，所以當我掌握三大記憶方法後，我很樂於與身邊的朋友分享，希望他們可以不再為背單字所困擾。

　　作為一位熟悉三大記憶方法的大一生，我隨時都保有想要分享給大家背好單字的想法和心態，所以一有機會，我都不會錯過，只要學校老師請我上臺分享經歷，我一定會大聲地說好。隨著本書付

梓出版，我終於能夠跟更多高中生、家長，甚至是老師分享我的單字學習經驗。相信我，看完這本書，你將對「背單字」完全改觀，按照本書所提供的方法，堅持到底，終會成功！

三大記憶方法幫你大腦開掛

「**如果我從高一開始每天背 10 個字就好了。**」我曾對準備大考的學弟妹這麼說。如果你從高一開始背單字背到高三畢業，達到 10000 單字不是夢想，只不過，有什麼方法可以高效背單字？又有什麼方法可以讓自己不再輕易遺忘單字？請看看我的三大招記憶方法：

第一招：字根首尾

坊間雖然有很多字根字首字尾的書籍，不過，在閱讀本書後，你將會更加了解字根首尾真正的涵義、並了解學習字根首尾的優勢。例如：怎麼拆解單字做聯想、怎麼用字根首尾做延伸來記憶整群單字。在這一個章節，我們也會探討多重語意、多重字尾、同化作用、字根變體，幫你解開字根首尾的奧祕，爾後不怕字根首尾，且能藉此提升字彙量、有系統性、有邏輯的統整延伸單字！

第二招：格林法則

第二章會介紹「轉音」（sound switching），使用大家都熟悉的簡單字，來幫你記憶較艱深的困難字和字根首尾。我會介紹英文和其他於歐洲國家語言的關係，藉此了解到歐洲人學英文的優勢，是因為他們的語言和英文都有著密不可分的關係，源頭都來自

原始印歐語。對於使用中文的我們,則可以利用轉音輕易學習字根的變體、串聯同源字、記憶動詞三態變化。此外,我會介紹 Online Etymology Dictionary 的查詢方法,幫助讀者了解單字的歷史,是記憶單字的一大妙招!

第三招:語音表意

仔細檢視過中文和英文之後可以發現:這兩個的語言特性相差很多,不管是書寫模式、文字特性、語序原則等。學習中文時我們可以用字的形態來判斷其涵義,在學習英文時,我們可以將「看字的形態」改成「聽字的聲音」,如此一來,我們能夠從單字的聲音來判斷其涵義。

利用上述三大記憶方法,再搭配本書推薦的書籍與學習工具,相信你將輕鬆攻克所有單字!

本書特色

一、作者英文學習歷程大公開

我將高中迄今所研究的學習方法,還有從對英文無感,到現在對它產生極大熱忱的轉變過程,通通都告訴你。我會詳述我背單字的方法和過程,包含許多啟發我的人事物和學習轉捩點,相信可以撼動你對背單字的成見,並建立信心。

二、英文單字學習要素大解密

背單字常常讓人覺得乏味,怎麼背都背不起來,又或是會不斷忘記背過的,主要是因為:你對英文不夠熟悉。為了讓你和英文單

字當朋友，我列舉了六大單字學習的要素：搭配詞、同義詞和反義詞、中英文解釋、語言歷史和神話故事跟單字的關聯性、一字多義及多重詞性、閱讀的重要性，請讀者認真閱讀，打下單字學習的基礎。

三、遺忘曲線基本介紹與應用

艾賓浩斯所提出的遺忘曲線也是本書的一大亮點。了解英文單字的學習要素，再搭配本書的三大記憶方法，就已經夠你克服 7000 單了，若再加上正確的複習頻率，會加深你對單字的印象。

四、史上最強大記憶三大方法

字根字首字尾、格林法則、語音表意，為本書的三大記憶方法，我將由淺入深帶你了解各個方法，分析精心挑選的重點單字，相信只要你跟著本書循序漸進閱讀，掌握這三大記憶法後，所有單字記憶困難可以迎刃而解。

五、超完美解構英文學習工具

本書介紹線上字典、YouTube 頻道、書籍、網站這四大類學習工具，你在讀英文的過程中，不管有什麼樣的疑問，都可以利用學習工具找出答案，若讀完本書仍意猶未盡，也可以翻到第三章，查閱參考書籍清單，裡面介紹了很多厲害的鉅著，值得你延伸閱讀。

六、背單字關鍵與筆記大解析

本書除了介紹六大單字學習要素、三大記憶方法，在番外篇也收錄重要學習概念，囊括單字的重音、com-, con- 開頭的單字發

音、schwa 央元音、單字量測試。此外，我也列出拼字比賽的陷阱單字，並把高中三年嘔心瀝血作的筆記，全部無藏私地放在番外篇，讀者不妨效仿我的筆記來背單字吧！

一路上幫助我的你們

　　首先，要感謝本書的審訂者楊智民（Jimmy）老師，傳授我格林法則單字記憶法，開啟了我的單字學習新扉頁。老師的審訂相當仔細，不管是文字敘述及內容正確性，都相當講究。再來要感謝陳冠名老師，他幫我爭取了很多機會，讓我有機會踏進出版的領域。寫作過程我也參考了前政大資深教授莫建清老師的書籍《聽聲辨意：輕鬆學單字》、《從語音的觀點談英語詞彙教與學》，著實惠我良多。

　　要感謝的師長實在太多了，補習班老師、國中英文老師都是我生命中的貴人；應用外語科教過我的老師：Brenda、Linda、Ginna、Jimmy、Stella、Grace、Samantha、James Ker、James Hung、Miranda 豐富我的英文世界，幫助我提升英語實力；除了英文老師，我更要感謝我的班導，她是我高中時期最了解我、最關心我的一位師長。

　　還更要感謝幾位敬愛的師長推薦本書，感謝陳定宏校長、審訂者楊智民老師、崇實高工魏延斌老師、陳冠名老師、班導丁淑芬老師、應用英語科陳儀芳主任，您們的推薦大幅增加本書的價值。另外，也要由衷感謝凱信出版的編輯團隊，在寫書的過程中，我總是沒辦法如預期完成稿件，但出版社卻沒有催促我，反而要我以課業

為重;同時,整本書的規劃和設計也相當尊重我的想法,讓我的作品得以如實呈現在讀者面前。

最後,我要感謝高中三年的自己。感謝自己在高一時能夠興起背英文單字的念頭,在英文成績進步的過程中,累積了滿滿的成就感。**一路上能接觸到字根首尾、格林法則、語音表意真是無比的幸運,讓我背單字的效率顯著提升。**隨著英文能力的提升,在準備統測時,我不需要擔心英文和專業科目二(英文閱讀與寫作)這兩個科目,因為我很有信心可以拿到高分,我有更多時間來準備其他科目,統測成績因此比我預期的還要好,成功申請到國立臺北科技大學的應用英文系,同時,也獲邀回母校領取菁英獎,甚至接受記者採訪,感謝員林家商伴我一路成長茁壯。

期盼讀者在讀這本書時都能有所收穫,也歡迎讀者到我的臉書或 IG 與我交流,祝大家都可以跨越單字記憶的鴻溝,英文實力大躍進!

目錄 Contents

Part 1 ／如何和英文拉近距離
032

Part
1

如何和英文拉近距離

說到英文，大部分的人應該都搖搖頭吧！因為學習的經驗與結果大都不好，以致多數人對「英文」望而生怯。以我個人經驗，我覺得，想要學好英文，就要先喜歡英文。但是，有可能嗎？可以的！這一章就要分享我的撇步，你也可以試試看，說不定會拉近你和英文之間的距離喔！

Chapter 1 從不愛唸書到 全國英語拼字競賽冠軍

|1| 英文學習歷程

補習班、學校

　　我從國小開始就在補習英文了，但當時我不是很認真，作業和考試常是應付了事。我記得有一次補習班考試的時候，其中有一題要我們拼寫「哥哥」的英文單字，我沒有想太多便直接寫上"bother"，後來才發現正確的拼法是"brother"才對，為此我還被老師罵了一頓，足見當時我學習有多不用心。

　　就這樣漫不經心地直到國中畢業那年暑假，補習班老師幫我報名考多益，當時的成績是 605 分，雖然分數並不很高，但對還只是一名國中生的我來說，已實屬不易！

　　一路從國小、國中到高職，我的英文學習雖從未間斷，但卻談不上認真，以致於成績並不很出色。但針對我讀高職這件事，常常有人問我：「你是不是會考考得很爛才讀高職啊？」「你是不是不會讀書才讀高職啊？」「感覺你們高職生弱弱的欸，真的是這樣嗎？」……我承認，會讀高職是因為我以前真的很不喜歡讀書，我相信很多人都跟我一樣；但會選擇唸「應用外語科」，當時我單純地以為是因為**我喜歡英文**，但後來想想，卻不是這樣的。

燃起學習英文鬥志的原由

國中時，我的英文還算是有點實力的，我想這和補習班的加持有點關係，也因此讓我產生一股**「英文不能輸給班上任何一個人」**的信念。

上了高職應外科後，我就更注重英文這一科了。我開始慢慢觀察其他人的英文程度和我的差別，但卻遲遲沒有再增強英文實力的行動。後來我才明白，我會選擇唸應用外語科，不是我對英文有興趣，而是自以為我的英文成績還不錯。直至有一天，班上在核對通過英檢考試的資料時，我才發現：原來早已經有同學通過全民英檢中級初試。當下心情一沉，果然人外有人，於是就有了想要超越那位同學的想法。所以可以說，一開始，我是為了想要超越別人才唸英文的。但是，最終是**因為看到「那張紙」（先賣個關子），才下定決心真的要認真把英文學好！**

Part
1
如何和英文拉近距離

Part
2
英文單字三大記憶法

Part
3
英文學習工具介紹

Part
4
番外篇

|2| 如何對英文產生興趣

不論學習任何科目或事物，「有興趣」是非常關鍵的；能夠「產生興趣」，基本上就成功了一半。

接下來，我想跟大家分享我對英文「產生興趣」的過程，若是你也能根據我的經驗來試試看，或許也會燃起你對英文的興趣喔！

背 單字的衝動

前面提到我要認真來讀英文了，沒錯，**之後的我相當瘋狂**。記得當時班上有發一本 4500 個單字的書，裡面的編排方式讓我覺得讀起來相當無聊，沒有樂趣。但我心想：「如果能把這本書裡面所有我不會的單字背下來，我豈不是變成英文大師了嗎？」想著想著，我便興起了「在短時間內背完整本單字書」的念頭。也不管三七二十一，我就真的開始拿起整本單字書死背了。**「死背」聽起來感覺像是在應付而已，的確，我發現死背的成效非常低。**

在連續背了幾個禮拜的單字之後，我發現單字量太大了，根本沒辦法記得很熟；期中考也**因為很多單字都看不懂而考得很糟**。

背 單字的方法－單字筆記

我花了很多時間苦思背單字的方法，但任憑我想破了頭，就是想不到一個感覺會有速效的方式。突然，我有個靈感：**「做筆記，或許可以幫我記單字記得比較熟吧？！」**於是，我立刻打開電腦上的 Word 文書處理器，翻開單字書的第一頁，把從第一頁到最後一頁，每一頁裡所有不會的單字都 key 到 Word 裡面，即使是例句裡的單字也不放過。因為是第一次進行這種工程，所以沒有什麼排版的概念，也沒有前例可循，就這樣依自己最單純的想法來製作，完成了「單字筆記」的雛型，並把筆記的紙本版列印出來。

suffer existence faith hush civil governor aside relief current wage portion gl
contract murder kettle vision practical constant missile apart trend threaten slave su
sensitive sufficient pure domestic cattle lord liberal liberty suspect breast sc
conscious burden victim republic load superior inferior spite wagon risk loose pala
sin navy stir simultaneously resist reserve harbor quilt merchant nerve tempor
restrict scatter suburb horn slope scarce hesitate spin scoop verse noble brag barn cra

（單字筆記雛型圖）

Part
2
英文單字三大記憶法

Part
3
英文學習工具介紹

Part
4
番外篇

在高一上學期，我利用單字筆記來背單字的方法是這樣的：

Step 1. 先查**單字的解釋**（一開始我只用英漢字典，但現在我會推薦 Cambridge 的字典，因為可以看到英文跟中文的解釋）。

Step 2. 將單字的定義記在腦海裡（這時候，我不會把中文解釋直接寫在紙上，原因及功用，我會在後面的章節分享）。

Step 3. 在單字右下角**標上詞性**（如果有很多詞性就都通通標註上去），並在單字上**標上重音**。

Step 4. **確認單字的發音**（Cambridge 字典上的音標是國際音標（IPA），跟我們一般學的 KK 音標有差異，要去網路上找對照表，這樣才不會唸錯），畢竟背單字時，要會唸出單字的正確發音是非常重要的。

Step 5. 在筆記上寫上簡單的「搭配詞」跟「同義詞」。這裡有一點要特別注意：在這個階段，不建議用等號來標記同義詞（原因會在後面章節分享）。

（高一上學期的單字筆記）

Part
1
如何和英文拉近距離

Part
2
英文單字三大記憶法

Part
3
英文學習工具介紹

Part
4
番外篇

以上的步驟，是我初期背單字的方法。但我發現這個方法的漏洞還是很多，所以隨著時間過去，我不斷地思考提升記單字的方法，並檢視其成效。

|3| 單字記憶法的進化

高一上學期，我用了這個最粗淺的單字筆記方式逼自己硬把學期一開始所發的 4500 單字書背完，最後也成功了；同時，也**順利地通過了全民英檢中級**。到了**高一下學期**，我背單字的方法又改變了。

利用詞素（字根、字首、字尾）加強記憶

我仍然把不會的單字 key 在 Word 檔上（當時已經進階到背誦 7000 單字），排完版後把它列印出來。但這階段在背單字時，除了在筆記上標示重音、詞性……等等元素之外，我又**加上了字根、字首、字尾（在後面第二章節時會提到）的方式來輔助**，所以會將可拆解的單字加以劃分再來記憶。

為什麼會接觸到字根、字首、字尾？是因為我在手機上的 Play Store（下載商店）無意中發現了一個程式，叫做 E4F，我對它相當好奇，所以就下載來看看。沒想到，當我把單字輸入進去之後，

它會把單字拆解,而且拆解過後每個元素有各自的意思,例如:
prevent(預防),會拆解成 *pre-* 跟 *vent*,然後會分別標示出它們的意思(*pre-* 為「前面、往前」的字首,*vent* 為「來」的字根),我一看到這裡,就對這套方法很感興趣,所以之後我在學習單字時,除了會去查字典,也會到 E4F 這個程式裡再查一遍,利用字根、字首、字尾(詞素)方式來輔助記憶。

(高一下學期的筆記圖 1)

在高一下學期做的筆記裡,可以看到能夠作拆解的單字我都有用斜線劃分,但因為才剛開始接觸到字首、字根和字尾,還不夠熟練,所以有些可以拆解的單字,我在當時並沒有拆解到。

　　另外，在單字左上角標示的三角形，是表示在複習單字的時候忘了語意，標上一個三角形，待下一次我再複習的時候，就會特別地注意先複習有標註的單字。至於常常容易忘記的單字，我會標上多個三角形，提醒自己要更加留意。

　　在高一時，**我想贏過別人的慾望，激起了我想要學好英文的想法**，讓我的英文逐漸進步，算是我在學習路上的一大轉捩點；也幸虧當時有這個想法，不然我現在也不會這麼熱愛英文了。

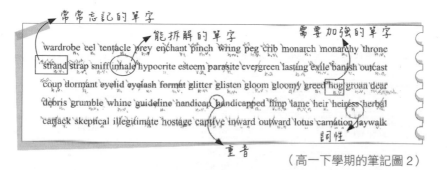

（高一下學期的筆記圖2）

　　高一順利地按著自己的計劃，一步一步地完成了學習目標。高二上學期，發生了一件事，讓我對背單字這件事有了更進一步的認識，也是我人生的一大轉折契機。

Part
2
英文單字三天記憶法

Part
3
英文學習工具介紹

Part
4
番外篇

讓記單字再進化的「格林法則」

● 單字原來可以這樣背

　　高一的我開始瘋狂背單字，可以説是班上最愛背單字的人了；不對，應該説是全校最愛背單字的學生了。班上的同學都説：「沒看過像你這麼愛背單字的人了。」連學長姊也都這樣説我：「你背單字的熱情，真是沒人能及的。」

　　上了高二，換了一位英文老師。原本對換老師有點緊張的我，一看到新任老師年輕的學生模樣，緊張感頓時消失了。我永遠記得他第一次上課寫在黑板上的第一個單字 "claustrophobia"。他問我們：「你們有誰知道這個單字的意思嗎？」

　　我在心裡想著：「天啊！這麼難的單字，誰會認識啦！」

　　老師發現我們沒有反應，他緊接著在 *claustr* 的下方畫上底線，並在空白處寫上其他單字，分別有 close、closet 和 closure 這三個。他説這三個單字都跟 claustrophobia 前面的 *claustr* 有關，而且意思相近。後來我想了一下，發現真的有其關聯性：close 是「關起來」、closet 是「衣櫥」，可以開開關關、closure 是「倒閉」，也就是關門不做的意思；而 claustrophobia 是「幽閉恐懼症」，「閉」也跟「關」有關聯，後面的 *-phobia* 就是「恐懼症」單字的結尾。

Part
1
如何和英文拉近距離

Part
2
英文單字三大記憶法

Part
3
英文學習工具介紹

Part
4
番外篇

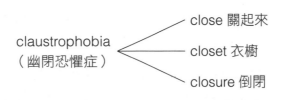

老師接著說：「這三個單字都跟 claustrophobia『同源』；同源就代表來自同一個祖先、同一個源頭。」講到這裡，我就不能理解了，因為「同源」感覺是學術用詞，

這對我來說都太陌生了。

我記得第一次看到「同源」這兩個字，是高一的下學期。打從我喜歡背單字開始，**放學後都會去學校附近的書店逛逛**，看看有沒有什麼有意思的單字學習書，那一間書店我幾乎都摸透了。就在高一下學期的某一天，我如往常地在書店閒晃，書架上一本黑色封面的單字書吸引了我，我拿起來翻了翻，沒想到，我只看到第一頁就看不下去了，因為裡面的論述我完全看不懂，舉個例來說，書裡寫著：「*burs* 跟 purse 互為同源字，可以轉音，雙唇音 b 對應到 p，而 *burs* 可以延伸出 bursectomy、reimburse、bursa 等單字……」那時候的我根本不懂什麼是同源，更不懂什麼是雙唇音，也不知道轉音是甚麼。看了第一組單字後，就將書本放回書架，心想：「這本書到底在寫什麼？難不成都是自己捏造出來的理論？」直到高二上學期的第一堂英文課，我才又再度遇見了它們。

在聽了新任英文老師講了這麼多有關單字的種種，才第一堂課，我就很信任他，一下課，就去請教老師有關單字的學習。老師

看到我對單字有興趣，就跟我分享了很多跟單字相關的知識，並說他正在撰寫有關「格林法則」的新書，打算將 7000 單字以格林法則轉音架構做分類……我們談了很久，最後他拿出兩本書送給我，一本是《地表最強英文單字：不想輸，就用「格林法則」背 10,000個英文單字》，另一本是《心智圖單字記憶法：心智圖的聯想記憶法，字根、字首、字尾串聯 3000 個國際英語測驗必背字》。但是此時的我，還完全不懂什麼是「格林法則」。

● 字源解析＋格林法則，記單字如虎添翼

　　高二除了在背 7000 單字，也跟老師聊了很多單字的問題，他也不厭其煩地跟我分享，慢慢灌輸我「格林法則」的觀念。

　　相信很多讀者都沒有聽過「格林法則」，高一的我也不例外，但就是因為高二時遇見這位老師，透過他的教學，我才知道什麼是「格林法則」，才知道原來單字可以這樣背！**這位老師就是英語學習書的暢銷書作者－楊智民老師，也是我學習格林法則的啟蒙恩師。**

　　因為「格林法則」和英文的發展歷史有關，所以上了不久的「格林法則」之後，老師推薦我可以查單字歷史的網站，有 Online Etymology Dictionary（會在第三章詳細介紹）及 Word Information。第一款的字典學術味比較重，但是我幾乎都是用這款；第二款相對較好閱讀與理解，但是排版難以接受。但兩個網站都有個共同點，

就是你把單字輸入之後，它會告訴你單字的解釋以及這個字的來源，比如說有西班牙文、法文、希臘文之類的。若是可以拆解的單字，它還會幫你做拆解，然後分別告訴你各個部分的意思，這對在學習格林法則的幫助非常大。

約莫三到四個月之後，我在課堂上吸收老師教授的觀念以及利用網路字典相輔相成的學習狀況下，**我慢慢熟悉了「格林法則」（轉音）**，也慢慢知道要如何實際應用。因此，我背單字的方法又提升了許多；同時，也是因為查字源網站的關係，我更了解了有些單字的歷史，不僅單字記得快，也記得牢。

舉個例子：

Achilles' heel

解釋
字面上「阿基里斯的腳踝」之意；但它也可以是「致命傷、某人的弱點」的意思。

典故
阿基里斯的媽媽叫做忒提斯（Thetis），在阿基里斯出生後，忒提斯就抓著阿基里斯的腳踝，將他泡在冥府的怨恨之河（River Styx）裡，這樣子可以讓他全身刀槍不入，但是，唯有腳踝沒泡到，所以他的腳踝就成了他的致命傷。

透過這些方法，我在高二上學期就很有效率地把 7000 單字背完了，也對格林法則有初步的認識；字首、字根、字尾也很熟悉，而且能懂的的字根首尾數量也累積了不少。

接觸格林法則之後，我背單字的方法又跟之前不太一樣了，我沒有再把單字打在 Word 檔上了，而是直接寫在一本筆記本裡，因為學習書都把單字拆解好了，所以我只會去 Online Etymology Dictionary 查一下字源就可以了。

我發現，用這樣拆解方法配合字源解析的方式，可以讓我把單字記得更熟，速度也更快。以前背單字就只有拆解、發音、搭配詞等元素，現在搭配上字源和格林法則，明顯感覺到單字背得更有效率。再加上我對字根首尾的判斷能力，就算是從來沒看過的單字，有些還是能大概猜出其語意，所以，我**在高二下學期，就已經背完7000 單字，這時評估自己的單字量約莫已經有 10000 個，甚至可能更多。**

Part

1

如何和英文拉近距離

Part

2

英文單字三大記憶法

Part

3

英文學習工具介紹

Part

4

番外篇

和同學分享記憶策略

　　為什麼要提到我的單字量呢？因為自從我背了大量的單字後，**我就很喜歡跟別人分享單字**，不管是在學校或是在網路上，只要我興致一來，我就會找我身邊的好友分享我背過的單字；不只分享，我還會做延伸，也會加上記憶方法，若是有單字歷史可以講的話，我也會一併和他們分享。**分享單字除了可以幫助別人記單字，也可以讓自己複習所背過的單字**。所以我很喜歡教別人背單字。

　　我最常分享的場所是教室，因為可以近距離解說，使用紙張跟黑板，同學可以比較好理解。

　　以下的對話，就能充分理解我是如何分享單字記憶策略的：

　　「欸，教你一個實用單字好不好？」

　　「好啊，來啊！」

　　（通常聽到對方想學的時候，我就很高興）

　　「今天教你 "heliocentrism"。」

　　我繼續說道：「*helio-* 是『太陽』的字首，中間的 *centr* 就是 center，然後後面的 *-ism* 是『學說』的字尾……所以這是『日心說』的意思。」

　　「欸，這哪裡實用啊！」

　　「再聽下去。中間的 *centr* 可以延伸出很多單字，像是：centrifugal、centripetal、concentrate、epicenter、eccentric 之類的……」

我繼續分享:「epicenter 的 *epi-* 比較難一點,是『上面』的意思,字面上意思就是地震發生的地方之上的那個點,所以就是『震央』的意思。怎樣,好背吧?」

「馬上就背起來了,蠻爽的,哈哈。」

有些人還因為我分享之後,開始對英文產生興趣了呢!同時,也因為和同學間不斷地討論,彼此的英文都有顯著的進步,甚至有一位同學還因此通過英檢中級考試。或許這就是**「近朱者赤,近墨者黑」**,身邊的環境和朋友會改變我們的習性,甚至一生,也不是不可能的。

背單字助我輕鬆通過多項考試

- ♛ 高一　全民英檢中級合格
- ♛ 高二　全民英檢中高級合格
- ♛ 高三　多益 955 分金色證書

考過英檢中高級之後才發現,其實閱讀測驗跟聽力測驗都很好理解,因為所看到和聽到的單字幾乎都有背過,雖然有些閱讀測驗的單字不在 7000 單字之內,但是對整體的理解沒有影響。

口說測驗跟寫作測驗,我沒有特別練習,之所以能順利通過,歸功於平日**多看英文母語人士講英文的影片**,這對口說很有幫助。不論是什麼主題的影片都可以,像我就很常看遊戲相關的影片。

Part
1
如何和英文拉近距離

Part
2
英文單字三大記憶法

Part
3
英文學習工具介紹

Part
4
番外篇

　　寫作的部分就跟閱讀有關，平時多閱讀，就可以更快抓到文章的結構，了解文章結構後，對於自己在擬稿的過程中會更有概念，內容也比較有連貫性和一致性，再搭配上背過的較難的單字，用字精準，整篇文章就會很有內涵，有一定的水準。

（多益 TOEIC 955 分金色證書）

單字背到停不下來

　　我真的很愛背單字，不論是艱深的醫學單字，或是人稱「紅寶書」的 GRE 單字，我也都一一拆解的背誦下來，雖然對當時只是高職生的我而言，根本用不到，但對我來説這不僅是一種挑戰，更是一種訓練大腦記憶力的方式。

　　高中畢業後，我繼續背單字，深怕自己的英文程度因鬆懈而退步，一直到現在我大一了，仍持續不斷地在背單字。

　　當然，記憶單字的方式也不斷地進化，接下來就跟大家分享我現在背單字的方法：

Step 1. 找出單字書裡不會的單字，寫在筆記本上，並將每個單字編號。

Step 2. 到 Cambridge Dictionary 查單字的詞性及解釋。若有很多不同解釋的話，就逐一標上號碼，也就是説，假如有 2 個解釋，在詞性的右上角寫上圈圈 1 和圈圈 2。

Step 3. 確認單字發音。

Step 4. 閱讀字典裡的例句，並從中擷取搭配詞。若是查不到，就到其他字典查搭配詞，並將查到的搭配詞寫在單字旁。

Step 5. 在 Online Etymology Dictionary 查單字的字源。如果單字能夠拆解，盡量記下拆解過後的意思。

Step 6. 嘗試自己用搭配詞造句子。

156. gregarious (a.)①②
157. egregious (a.) *egregious error
158. egress (n.)
159. ^aggrieve (v.)
160. ^aggrieved (a.) *feel aggrieved at
161. ^grievous (a.) *grievous loss/wounds
162. agitate (v.)①② *agitate for/against
163. agog (a.)[after verb] *wait agog for
164. demagogue (n.)

178. allay (v.) *allay public fears/concern
179. allege (v.) *it is alleged that
180. allegory (v.)
181. ludicrous (a.) *ludicrous idea/suggestion
182. elude (v.)①② *success eludes me, elude the police
183. grounded (a.)①②③

（近期筆記）

Part
1
如何和英文拉近距離

Part
2
英文單字三天記憶法

Part
3
英文學習工具介紹

Part
4
番外篇

全國英語拼字冠軍

聯合報 即時 要聞 娛樂 運動 全球 社會 產經 股市 房市 健康 生活 文教 評論 地方 兩岸 旅遊

開學了！「字神」教大家如何背單字

2019-08-30 17:15 聯合報／記者凌筠婷／即時報導

國立員林家商今天開學典禮，特地表揚錄取國立科大的畢業生，其中應用外語科畢業生莊詠翔同學眼中的「字神」，擅長背英文單字，高中二年級就拿到全國高中生單字比賽冠軍，他愛背單字到一種瘋狂的程度，甚至已經有出版社要為他出版單字學習書，不藏私地公開他的背單字筆記，他希望未來成為老師，教更多人愛上英文。

18歲莊詠翔今年已623.5分考取國立台北科技大學應用外語系，他雖然從小學就開始上兒童美語，國中時的英文也都一直保持90分以上的水準，但他也坦承「以前的單字都是靠死背的」，一直到高一時看到有同學通過全民英檢中級，讓他心生一股「我不想輸」的心情，開始認真背單字。

（節錄自聯合新聞）

　　當我在高二那一年，以高職生之姿拿到「全國高中生單字比賽冠軍」時，許多人都說我「好厲害」！但還是得說，要不是我從高一每天都接觸英文、研究英文、甚至一天都背幾十個單字，我根本沒有資格拿到這些榮耀；這些榮耀的背後，是我一點一滴累積出來的努力結果。

　　現在回首高中那三年讀英文的方式，雖然成果還算不錯，但我自覺還是**有點偏頗**，應該說，讀英文的目的有些不正確：

一、盲目地背單字而沒有了解單字的用法

　　沒錯，從高二之後我就是很愛背單字，但是很多單字我卻不知道背了之後要怎麼使用，這是一個相當大的問題。因為**單字背了就**

Part
1
如何和英文拉近距離

Part
2
英文單字三大記憶法

Part
3
英文學習工具介紹

Part
4
番外篇

是要會使用，不管是寫作或是日常對話，如果沒有了解一個單字的用法，**就好像有了螺絲沒有螺絲起子一樣**，還是沒有用。

二、沒有著重口說練習

雖然高職有提供英文聽講練習的課程，但我覺得不太夠，我應該多**找朋友練習口說**，或是**多看看外國影集，學習他們講話的腔調**，因為我覺得學第二語言本來就是用來溝通的。

慶幸的是，高中背的單字可以**幫助我在大學時，看懂原文書**，也就是說，雖然有些單字不太會使用，但至少可以幫助我在看文章的時候更理解文意。

在聽我分享背單字的心路歷程之後，在接下來的章節裡，我會更有系統的把背單字的方法分成三大類，**只要能夠熟悉這三大記憶方法，相信你對記憶單字也能駕輕就熟的喔！**

在談三大記憶方法之前，我會先詳細介紹與單字相關的其他元素，這些元素都是了解單字的基礎，**如果沒有基礎而只是一味地想要背單字，那是不可能的。**另外，我還會特別介紹「遺忘曲線」跟提升記憶力之間有什麼重要的關係，單字才能更牢記。

單字相關元素 ＋ 三大記憶法 ＋ 遺忘曲線 ＝「記單字」所向披靡！

記憶單字的重要元素

Chapter 2

接下來，要跟你介紹單字學習的重要元素。

作為一個高中職生，最怕的就是背英文單字了，為什麼呢？在國中階段，我們的字彙量約莫落在 1200 到 2000 單字量之間，但到了高中職卻要背到 4500 到 7000 這麼多的單字量，學生要在短時間內背好這麼多的單字，實在有點困難。

但認真想想，背單字真的難嗎？

單字，其實就跟其他需要記下來的東西一樣，像是電話號碼、名字等等，只要找到方法，經過不斷複習就可以到達忘不了的境界。你試著回想，剛入學時班上多達三、四十個人，每個人的名字大不相同，但你是怎麼記起來的？有可能是剛開學老師常常點名的關係，也可能是大家上臺自我介紹，也可能是你對某些同學比較感興趣⋯⋯慢慢地就不知不覺地把班上所有同學的名字都記住了。所以，背單字難嗎？真的不難！你想想，我們在記別人名字或是電話號碼時，都是經過長時間的複習，就可以記下來，同樣道理套用在記憶單字上也是一樣。**更何況，背單字的方法有很多**，只要經過不斷複習跟有效方法的輔助，記單字不僅容易，反而想要忘都忘不掉呢！

但為什麼對大部分的人來說，背單字那麼困難呢？追根究柢，我認為主因是英文並不是我們的母語，而**對於陌生的語言，我們很難去理解**，容易產生隔閡；也很難用它的角度思考，造成我們很難去記憶該語言的單字。這時候，我們可能就沒辦法用反覆複習的方式，來達到記憶單字的目標了。

要有效解決隔閡的問題，就必須和它熟悉。所以，我們必須去熟悉英文，一旦習慣了英文之後，就可以同時把握英文的發音與拼字上的邏輯。

|1| 如何「和英文變熟悉」

熟悉英文的方式有很多，比方說：多閱讀簡單的文章、反覆聽聽外國人的語調、做英文的相關研究等等，這些都會是不錯的方法。對於初學者，我會建議從閱讀開始，而且要閱讀較簡單、適合自己的文章，再來才是熟悉單字，以及單字的其它元素。

Part
1
如何和英文拉近距離

Part
2
英文單字三大記憶法

Part
3
英文學習工具介紹

Part
4
番外篇

記憶單字必學的相關元素

　　基本上，我把學習單字的元素分成六大部分，分別是：

1. 搭配詞

2. 同義詞和反義詞

3. 中英文解釋

4. 語言歷史和神話故事跟單字的關聯性

5. 一字多義及多重詞性

6. 閱讀的重要性

　　以上這六大元素是學習單字較基本的元素，除了可以幫助熟悉單字，也更能夠了解學習單字的內涵。而在後面章節會介紹到的三大記憶方法，則是用來讓你在記憶或拆解單字時，能更有邏輯、更有效率。只要能夠理解上述六大元素，再搭配三大記憶方法，相信你一定會對背單字產生共鳴的。

|2| 搭配詞

基本介紹

　　搭配詞的英文是 "collocation"，會字根首尾的人就知道，前面的 *col-* 為「一起」的意思，而中間的 *loc* 為「放……地方」的意思，最後面的 *-ation* 就是名詞字尾。collocation 字面上的意思就是**「將……放在一起」**，如果用英文的意思會更好聯想，即 "to place together"。

　　根據上面的說法，搭配詞就是幾個不同的單字**放在一起**，進而變成大家習慣或常用的一組字詞。具體來說，搭配詞是一連串同時出現的字詞，它們並非是偶然出現的。

例：「開機」我們會說 turn on a computer，

　　　而不會說 open a computer、

　　「爆哭」我們會說 burst into tears，

　　　而不會說 burst onto tears 等等。

這些例子都是我們常用，也是我們比較熟悉的詞組。

接著，我們來看看字典給搭配詞下了什麼定義。

Part
1
如何和英文拉近距離

Part
2
英文單字三大記憶法

Part
3
英文學習工具介紹

Part
4
番外篇

- Cambridge Dictionary（劍橋字典）的英文定義：

"a word or phrase that is often used with another word or phrase, in a way that sounds correct to people who have spoken the language all their lives, but might not be expected from the meaning"

大意是：搭配詞是一個「會常常跟另一個單字或片語一起使用」的單字或片語，而這個搭配詞對於母語者來說聽起來會是正確的。

- Longman Dictionary of Contemporary English（朗文當代字典）的英文定義：

"the way in which some words are often used together, or a particular combination of words used in this way"

大意是：特定單字常一起使用的方式，或者是特定某幾個字的組合方式。

• Oxford Dictionary（牛津字典）的英文定義：

"the habitual juxtaposition of a particular word with another word or words with a frequency greater than chance"

大意是：特定的一個字習慣和另一字或一些字詞並置，而這種組合出現的頻率比偶然出現還要高。

在中文方面，其實我們**也有類似搭配詞的東西**，像是別人生日的時候，我們會跟他說「祝你生日快樂」，我們並不會說「祝你生日高興」、「祝你生日欣喜」、「祝你生日愉快」這些怪怪的字眼，如果你對你朋友說「祝你生日高興」的話，他可能會覺得你講得不自然，有點奇怪吧！

搭配詞的類別

搭配詞主要可以分成六個類別，分別是：

1. 形容詞＋名詞

2. 名詞＋名詞

3. 動詞＋名詞

4. 副詞＋形容詞

5. 動詞＋介系詞

6. 動詞＋副詞

Part

2

英文單字三大記憶法

Part

3

英文學習工具介紹

Part

4

番外篇

六大類別舉例說明：

● 形容詞＋名詞

空瓶：empty bottle

簡短的對話：brief chat

技術上的問題：technical problem

棘手的問題：thorny issue

小女孩：little girl

沒電的電池：dead battery

行動電話：portable phone

沒氣的輪胎：flat tire

雙語辭典：bilingual dictionary

暫時的住所：temporary home

● 名詞＋名詞

名詞加名詞類通常都是 a(n) ... of ...

成就感：s sense of achievement

一陣忌妒：a pang of jealousy

一陣強烈的懷舊感：a wave of nostalgia

幽默感：a sense of humor

一大群蜜蜂：a swarm of bees

一群野狗：a pack of wild dogs

突然悔恨：a surge of remorse

動作片：action movie

起司蛋糕：cheese cake

步兵：foot soldier

同儕團體：peer group

• 動詞＋名詞

開花：produce flowers

踏上旅程：go on a trip

釣到大魚：land a big fish

騎馬：mount a horse

沉浸在書裡：be immersed in a book

轉傳郵件：forward an email

充電池：charge a battery

發行一本小說 publish a novel

打開檯燈：switch on a lamp

養一隻貓：keep a cat

• 副詞＋形容詞

非常好笑的：extraordinarily funny

非常冗長的：fairly lengthy

Part
1
如何和英文拉近距離

Part
2
英文單字三大記憶法

Part
3
英文學習工具介紹

Part
4
番外篇

非常無聊的：awfully boring

開心地結婚：happily married

極有意識的：keenly aware

真的很可笑：absolutely ridiculous

快完成了：almost complete

有點傷心的：slightly sad

特別顯著的：particularly notable

特別有男子氣概的：distinctively masculine

● **動詞＋介系詞**

照顧：look after

搭配：go with

忍受：put up with

期待：look forward to

偶然遇見：run into

著手做：go about

等待：wait for

貢獻：contribute to

除去、清除：get rid of

● 動詞＋副詞

正式地邀請：invite formally

快速地奔跑：run quickly

適當地運動：exercise properly

一直踢：kick repeatedly

哭得很大聲：cry loudly

輕快地走：walk briskly

有活力地揮：wave vigorously

抓得很緊：grasp firmly

官方提名：nominate offlclally

大力地吹：blow strongly

　　以上這六大類都是常見的搭配詞的種類，如果能夠在背單字的時後背下其他搭配的單字，這樣不只是背單字，而且可以進一步了解單字的用法，如此一來寫作的功力也會大幅提升喔！

Part
1
如何和英文拉近距離

Part
2
英文單字三大記憶法

Part
3
英文學習工具介紹

Part
4
番外篇

|3| 同義詞及反義詞

　　寫作時，如果不想重複使用某一個字詞，我們常會用同義字來替換。此外，我們也常使用反義字來做對比。在深入介紹同、反義字前，你得先理解它們兩者的定義。

定義

• Cambridge Dictionary（劍橋字典）的英文定義：

同義詞

　　"a word or phrase that has the same or nearly the same meaning as another word or phrase in the same language"

大意是：在同一語言裡，同義詞就是一個「與另一個單字或片語有相同或幾乎相同意思」的單字或片語。

反義詞

　　"a word that means the opposite of another word"

大意是：反義詞就是一個「與另一個單字意思相反」的單字。

• Longman Dictionary of Contemporary English
（朗文當代字典）的英文定義：

<u>同義詞</u>

　　"a word with the same meaning as another word in the same language"

大意是：在同一語言裡，同義詞是一個「與另一個單字意思相同」
　　　　　的單字。

<u>反義詞</u>

　　"a word that means the opposite of another word"

大意是：反義詞就是一個「與另一個單字意思相反」的單字。

• Oxford Dictionary（**牛津字典**）的英文定義：

<u>同義詞</u>

　　"a word or phrase that means exactly or nearly the same as another word or phrase in the same language, for example shut is a synonym of close"

大意是：同義詞就是一個「與另一個單字或片語有完全相同或幾乎
　　　　　相同意思」的單字或片語。定義幾乎跟劍橋的解釋一樣，
　　　　　只是後面有舉例說明而已。

反義詞

"a word opposite in meaning to another (e.g. bad and good)."

大意是：反義詞就是一個「與另一個單字意思相反」的單字。定義
和劍橋的差不多，只是後面有舉例說明而已。

不過，對於同義詞我還有需要進一步解釋的地方：在特定的
涵義中，如果 A 單字和另一個 B 單字互為同義詞，它們在另一個
涵義或領域中，不一定能以同義詞作解釋，或者不一定可以相互替
換。

例：long time（長時間）和 extended time（延長時間）在時
間涵義中互為同義詞，因為 long 和 extended 互為同義詞，以時
間（time）來說，long 和 extended 都可以放在 time 前面，都可
以代表相同意思。

然而，如果在家庭（family）的觀念中，extended family 可以
代表「家族、大家庭」的意思，但是如果把 long 擺在 family 前，
就沒有相同觀念了，因為 long family 是代表「美國政治家族」的
意思。所以說，雖然 long 和 extended 在「時間」的範疇中有相
似意思，但是在「家庭」的觀念中，兩者沒有同義的關係。

延伸介紹

　　有些編纂字典的人認為：因為字源典故、聲音的特性、單字的內涵和單字的用法等，都讓**每個單字變得獨一無二**，所以說沒有任何一組字會互為同義詞。有類似意義的單字其實都會因為某種緣故而變得不一樣。

　　例：feline（貓科的）和 cat（貓）這兩字來說，feline 是較正式的單字、cat 是生活常用字，而 long（長）和 extended（延長）在時間範疇可以是同義詞，但在其他範疇或領域中，這兩者不一定會有相同意思。除此之外，**同義詞有時候會跟委婉語（euphemism）有關係**，例如：die（死）和 pass away（去世）就有異曲同工之妙，其中 pass away 就是委婉語。

　　同義詞和反義詞**在寫作上會派上用場**，因為在寫作時，有一個概念很重要，叫做 "paraphrasing"（換句話說）。這個能力可以讓你的作文看起來比較有變化，不會太無聊。如果要在作文裡面用到很多「開心的」的單字，你就不能只會 happy 這個單字了，還有其他像是：glad、cheerful、lighthearted、joyful、joyous 等，都可以當作 happy 的同義詞，使用這些單字會讓文章饒富變化。所以說，如果掌握同義詞，在寫作上會發揮不少功用，換一個字有時會有畫龍點睛之妙。

Part

2

英文單字三大記憶法

Part

3

英文學習工具介紹

Part

4

番外篇

|4| 中英文解釋

　　在高一時，我只使用英漢字典，查單字後只會顯示中文解釋，起初我覺得有中文解釋就夠了，但之後我發現，光有中文解釋還不夠，因為遇到很多單字都有相同的中文解釋，例如：abandon、desert、forsake 這三個，如果都當作動詞的話，都可以解釋成「拋棄」的意思，但是，其實這三個字的定義有一點不一樣：

abandon	
英文定義	to leave a place, thing, or person, usually for ever
中文定義	永遠地離開某人、事、物
desert	
英文定義	to leave someone without help or in a difficult situation and not come back
中文定義	是離開某人，讓他生活艱困，而且不會回去找他
forsake	
英文定義	to leave someone for ever, especially when they need you
中文定義	是當某人需要你的時候，你頭也不回地離開他

經過比較，就能明顯看得出其差異性，"abandon" 可以用在人事物上；"desert" 的感覺就有點殘忍；"forsake" 則是別人需要你的時候，你離開、拋棄了他。

所以說，如果要在寫作上**使用更精準的詞彙**，就要善加利用字典的英文解釋；在閱讀上，有英文解釋的幫助，就更能理解整篇文章要表達的意涵。

關於字典的推薦，會在後面第三章節裡加以介紹，屆時會詳細解釋每個字典的優缺點，還有每個字典的功能，提供大家參考。

|5| 語言歷史和神話故事跟單字的關聯性

基本介紹

從字源學的角度來看，**了解單字的語言歷史和神話故事有助於記憶單字**，有些單字可能源自於某個神話故事人物的名字，又或者是源自拉丁文。而為什麼會跟拉丁文有關係呢？這就要講到英文這個語言的發展史了，在第二章節會詳細介紹。

● 語言歷史

以「拉丁文」為例：

amare

　　拉丁文的 *amare* 是「**愛**」的意思，在現代的英文單字中，有一些跟 *amare* 有關，像是我們常見的人名，**Am**y 跟 **Am**anda 都是從拉丁文的 *amare* 來的，這種名字給人一種可愛的感覺，所以如果女生要取一個名字的話，可以考慮取 **Am**y 或 **Am**anda 喔！其他諸如：

例：**am**orous（性愛的）　　　　**am**ity（友好關係）

　　　amiable（和藹可親的）　　par**am**our（情人）

　　上述這些單字，都是從 *amare* 來的。而且，可以發現每個單字都至少有 a 跟 m 這兩個字母在內，所以說，含有 am 的單字有可能會跟「愛」、「可愛」、「好的」有關。

annus

　　拉丁文的 *annus* 有「**年**（year）」的意思，到了英文，含有 ann 或 enn 的字，也跟「年」有關：

例：**ann**ual（一年一度的）　　**ann**uity（年金）

　　　annals（編年史）　　　　mill**enn**ium（千禧年）

　　　anniversary（周年紀念日）bi**enn**ial（兩年一次的）

bene

bene 是拉丁文，代表「**好**」的意思，之後被借入英文，所以現在很多有 *bene* 在裡面的英文單字都跟「**好**」有關。

例：**bene**fit（好處）　　　　　**bene**volent（慈善的）
　　benefactor（捐助者）　　　**ben**ign（良性的）
　　beneficiary（受益者）　　　**bene**ficial（有益的）
　　benediction（向上帝祈禱）

順帶一提，法文的 **bon**jour 也是從 *bene* 來的，有「你**好**嗎、嗨、哈囉」的意思，**bon**us（紅利獎金）是其相關單字。

● 神話故事

Asteria

Asteria（阿斯忒里亞）是希臘神話的一個女泰坦，她的專長是通靈術、預言及**占星術**，擅長從星象看出一些端倪，進而做出預言。除此之外，她還會以通靈術來跟死者對話，也是為了預測未來會發生的事。因此 *asteria* 就慢慢有「**星星**」的意思了，而且在英文也有很多單字跟 *asteria* 有關：

例：**aster**（紫苑花）　　　　　**astr**onomy（天文學）
　　asterisk（星號、米字號）　con**stell**ation（星座）
　　asteroid（小行星）　　　　dis**aster**（災難）
　　astral（星星的、太空的）　inter**stell**ar（星際的）

astrology（占星學）　　　　　**star**（恆星）

astronaut（太空人）　　　　**star**fish（海星）

（至於紫苑花會跟星星有關的原因，是因為紫苑花的花長得像星星，所以因此得名）

Aphrodite

　　Aphrodite（阿芙蘿黛蒂）在希臘神話中是代表美麗、愛情和**性愛**的女神。她同時也在帕里斯的評判（Judgement of Paris）中被選定為最有**尊嚴**的女神，而且還得到象徵最美女神的金蘋果。Aphrodite 對應到羅馬神話是 Venus（維納斯），有些英文單字就從這兩者創造出來的：

例：**aphrodi**siac（春藥）　　　**ven**ereal disease（性病）

　　venereal（性交、性病的）　　**ven**erate（尊重）

　　venerable（令人尊敬的）

　　以上這些單字有些跟「性」有關，是因為 Aphrodite 是**性愛女神**；至於有「尊重」的意思是因為 Aphrodite 是**最有尊嚴的女神**。順帶一提，現今的 April（四月）就是由 Aphrodite 來命名的。

Eros

　　在古希臘神話中，Eros 是性愛神，也是 Aphrodite 的兒子，對應到羅馬神話則是叫 Cupid（邱比特）。順帶一提，邱比特的金箭可以讓男女相愛，鉛箭反之。

Eros 和 Cupid 都有「**愛**」、「**性慾**」、「**慾望**」的意思，下面則是從這兩者延伸出的單字：

例：**ero**tic（性慾的、色情的）　　lay **cupid**（牽紅線）

　　erotica（色情作品）　　　　　**cupid**ity（對於錢財的貪婪）

　　eroticism（色情）　　　　　　con**cupi**scence（性慾）

　　eroticize（使……變為色情）　**covet**（貪求）

　　homo**ero**tic（同性的）　　　　**covet**ous（貪求的）

上述六組單字只是一小部分，還有很多單字跟拉丁文和神話故事有關，如果能夠知道特定一組單字是從哪裡來的，將可以大大提升背單字的效率！至於要如何查到單字的歷史呢？這個部分會在第三章做介紹，屆時也會提供許多好用的字典工具。

|6| 一字多義及多重詞性

基本介紹

單字有時難以駕馭，是因為單字**除了一字多義，還可能有多重詞性**，即使已經都背起來了，但麻煩的是，有時候在其他文章看到這個單字時，不一定是出自你所背過的定義，就會造成誤解；因為誤解，想要理解整篇文章就會有些難度。所以，搞懂單字的一字多義和多重詞性是非常必要的。

● 同形異義詞（homograph）

　　就是我們說的一字多義。它的定義是：相同拼寫、發音不盡相同的字，有不同的意思或是詞性。比如 "quality"，它可以當名詞和形容詞用，拼寫一樣，但有兩種不同意思：一個是「品質、素質」，當名詞用；另一個是「優質的、很好的」，當形容詞用。所以，"quality" 這個字就是屬於 "homograph" 的一種。

　　會提到同形異義詞是因為 "homograph" 字面上的意思跟單字的解釋有關：經過拆解後，我們可以知道前面的 *homo-* 有「相同」的意思，而後面的 *-graph* 有「書寫」的意思，所以，這個單字的字面意思是「相同書寫（拼寫）的單字」，也就是說，只要是屬於 "homograph" 的單字，都會是相同拼法，但有不同的意思，而發音不盡相同。

　　順帶一提，我們說的 homo（同性戀）是從 homosexual（同性戀）來的，其中 *homo-* 就有「相同」的涵義，sexual 則是表示「性的」的單字，所以合在一起就有「同性戀的」的意思。跟 *homo-* 這個字首相反的是 *hetero-*，hetero 有「不一樣、另外一個」的意思，所以說，只要把 homosexual 的 *homo-* 換成 *hetero-*，heterosexual 就成了「異性戀的」的意思。

　　再來，我們要知道 homograph 只是拼寫相同、意義不同的字，發音不盡相同，所以這時候就有 homonym 和 heteronym 的細分。homonym 代表的是相同發音的同形異義詞，而 heteronym 代表的

是不同發音的同形異義詞。所以我們可以把 homonym 翻譯成「同音同形異義字」、heteronym 翻譯成「異音同形異義字」。

例：「鞠躬」的 bow 和作為「船頭」的 bow 就互為**同音同形異義字**；「領導」的 lead 和作為「鉛」的 lead 就互為**異音同形異義字**（「領導」的發音是 leed；「鉛」的發音是 led）。

● 更完整的分類表：

單字	發音	拼寫	意義	例字
heterograph	Y	N	N	to、two、too
homonym	Y	Y	N	表「疲累」的 tire、表「輪胎」的 tire
heteronym	N	Y	N	表「離棄」的 desert、表「沙漠」的 desert
homophone	Y		N	即 heterograph 和 homonym 的例字
homograph		Y	N	即 heteronym 和 homonym 的例字

（Y 代表相同／N 代表不同）

● 更多例字

　　考試常常會考一些沒背過的意思，所以在背單字的時候，不要只死記一個定義，建議多查字典，學習其他的定義。

以下列舉一些考試常考的單字：

school	名詞：學校／量詞：一群（魚）
quality	名詞：品質／形容詞：高品質的
game	名詞：遊戲；比賽；獵物／形容詞：願意嘗試的
bear	動詞：忍受；負荷；帶有、具有／名詞：熊
bow	名詞：鞠躬；船首；蝴蝶結；弓
contract	名詞：契約／動詞：染上（疾病）；縮小、收縮
default	名詞：默認設定（在電腦或手機的設定裡可常常看到）／動詞：不履行（債務）
desert	名詞：沙漠／動詞：逃兵；拋棄
affect	動詞：影響；假裝；裝腔作勢
gay	形容詞：同性戀的；開心的（當形容詞有很多意思，此處只列出較常見的意思）
grave	名詞：墳墓／形容詞：嚴重的
produce	名詞：農產品／動詞：製造
manifest	動詞：顯現、表現／形容詞：明顯的
record	名詞：是某項東西的「記錄」／動詞：記錄
type	名詞：種類／動詞：打字
upset	動詞：使……心煩意亂；使……不適／形容詞：難過的、沮喪的
choice	名詞：選擇、選項／形容詞：上等的

Part
1
如何和英文拉近距離

Part
2
英文單字三天記憶法

Part
3
英文學習工具介紹

Part
4
番外篇

|7| 閱讀的重要性

如何按下閱讀鍵

　　坦白說，我從前不愛看書，尤其是中文書，像小說之類大量文字的書籍我就很少接觸。但對於英文這個語言，我是感興趣而且有熱情的，從我喜歡背單字就可以看出端倪。但奇怪的是，只要遇到英文小說，我也是沒辦法看下去。可是，自從我看了《The Five People You Meet in Heaven》（在天堂遇見的五個人）這本小說之後，便開始對英文小說產生興趣。這是我第一本讀完的小說，而且在讀小說的同時，我也從中學習到優美的詞藻和修辭，讓自己寫文章時用的詞彙能更豐富。所以，如果你跟我一樣不喜歡看大量文字，但又想嘗試英文小說，建議可以先從童書、繪本開始，然後短篇小說，一旦習慣大量文字後，就可以往長篇小說邁進囉！

閱讀裡的猜單字遊戲

　　初期在閱讀英文小說的同時，我發現**會遇到很多很短的單字**，我都不認識，所以有時無法完全理解文章想要表達的意涵。例如：ajar（半開的）、abut（在旁邊）、fumble（笨手笨腳地做）、lilac（丁香）等等，這些都是我之前從沒有看過的單字。

　　後來我發現，經過一段長時間的閱讀之後，若重複看到很多次，慢慢地，我便可以從上下文來理解這個單字，雖然還是需要查

字典才可以知道確切的意思，但是已經能夠大概猜到單字的意思，我想這就是閱讀累積而來的能力吧；也表示，閱讀實力已在慢慢提升。

舉例來說：

我永遠記得 "deprive"（剝奪）這個字。高二時，我開始大量閱讀新聞英文，deprive 不僅時常會出現在新聞裡，我也不時會在小說裡發現這個字，前後大概看過 10 幾次。那時為了不破壞閱讀小說的氣氛，所以都沒有立刻去查字典，時間久了也就忘記要查了。但奇妙的是，突然有一次我再看到這個字的時候，我竟然就**知道這個字要表達的意思是什麼了**，聽起來或許有點莫名其妙，但我想我就是靠著看大量文章，根據上下文而漸漸知道它的意思，慢慢地，熟能生巧，居然就認識並記得這個單字了。

當然不是要你只透過閱讀文章來背單字，因為若詞性是名詞的單字，就很難靠上下文來理解，我想要分享的是，若能夠多閱讀，在閱讀的過程中除了可以學習新單字之外，還可以複習之前背過的單字，對於提升單字的熟悉度有很大的幫助。

至於如何猜單字呢？除了靠上下文、字根字首字尾等方法之外，還有一個方法叫做「語音表意」，這也是我猜單字時常用的方式；而且，動詞或形容詞的部分比較好猜。關於語音表意的詳細解說，將會在第二章節裡提到。

Chapter 3 遺忘曲線

|1| 記憶這檔事

對於學習者來說，**越不重要、沒有意義、沒有興趣、不熟悉的東西**，背了之後**遺忘的速度越快**。

舉個例子：

假設今天你有三個東西要背起來：

第一個是圓周率小數點後 50 位；

第二個是小說裡隨機兩句話；

第三個是很有名的四言絕句……

你覺得上述三項都背了之後，哪一個會先忘記？

想當然耳，是圓周率，再來是小說的兩句話，最後才是四言絕句。

為什麼呢？

因為圓周率對你來說毫無規則、沒意義才會讓你忘這麼快；但換作是詩歌，有情境、有意義的內容，就不會忘得這麼快了。這當中值得注意的是「熟悉度」，當你對一個東西越熟悉，忘的速度就會越慢；也就是說，**只要能不斷且有規律地複習單字，你肯定可以記得很熟，更不用說在有其他方法的輔助下，可以記憶的更加牢固**了。可以幫助你更深入了解記憶的運作。

|2| 遺忘曲線的介紹

什麼是遺忘曲線？

　　「遺忘曲線」是由德國一位心理學家－赫爾曼 • 艾賓浩斯所研究出來的。

　　艾賓浩斯當時做了一項實驗：他使用一些毫無意義的英文單字，也就是沒有意義的字母組合，並親身來記憶這幾個單字，例如：affgav，tqppbar，bucza 這三個字，記憶之後，每隔一段時間觀察自己遺忘的程度，於是就有了「遺忘曲線」，又稱「艾賓浩斯曲線」。

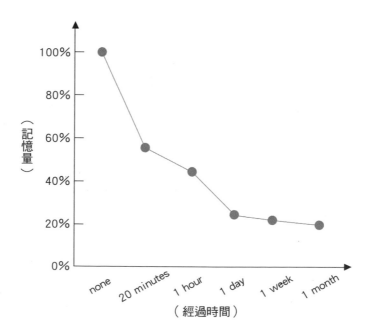

根據實驗結果，他發現，時間和遺忘程度為以下情況：

20 分鐘後，42% 被遺忘掉，58% 被記住；

1 小時後，56% 被遺忘掉，44% 被記住；

1 天後，74% 被遺忘掉，26% 被記住；

1 周後，77% 被遺忘掉，23% 被記住；

1 個月後，79% 被遺忘掉，21% 被記住。

　　這項實驗給我們什麼啟示？要怎麼應用在單字記憶上呢？在後面的章節我會提出建議供大家參考。

遺忘曲線的爭議性

　　我先聲明：對於遺忘曲線我是採正面態度的，因為我把這個理論套用在背單字上後，我覺得用這種方法來複習單字，可以比一般沒有章法的胡亂複習還要有效率。只是有些人覺得這項實驗有個漏洞：因為這項實驗的單字是沒有意義的字母組合，跟我們背的單字不一樣，至少英文單字是有意義的。所以有些人就覺得這項實驗無法套用在背單字上。但因為我前面有提到，沒有意義的東西會比有意義的還要難背，所以或許**背一般英文單字的遺忘程度，會比此項實驗來的低。**

Part

2

英文單字三大記憶法

Part

3

英文學習工具介紹

Part

4

番外篇

遺忘曲線延伸的問題

　　每個人對於需要記憶的東西其遺忘程度是不一樣的，因為可能某些人對特定主題的內容很熟悉，或很感興趣；又或是某些人本身就很會記憶……這些都有可能影響每個人的遺忘速度。

　　而且，有科學家發現：**年齡的大小，並不會影響到遺忘的速度；**也就是說，人年紀越來越大，要一次性記下很多東西就會很難。但這不是說老年人忘東西的速度會比年輕人快，因為年紀會影響到的，只有一次記憶下來的量而已。所以，不能說老人家記憶力不好，只是他們沒辦法一次記下很多東西而已，如果真的跟他們比「誰可以記的比較久」，他們未必會輸呢！

|3| 遺忘曲線的應用

一直複習單字沒用？

　　你知道如果在短時間內瘋狂複習單字，成效不會很顯著嗎？

　　跟你分享一個蜜蜂的實驗，這個實驗是在訓練蜜蜂對蜂蜜的敏感度。

　　實驗者在架子上放上兩樣東西，一個是蜂蜜，一個是糖的濃度比蜂蜜低的糖水；受試者則是兩群蜜蜂。實驗者要讓蜜蜂可以準確的辨識哪個東西糖的濃度較高。第一群蜜蜂，每隔 30 秒就被要求去辨識出哪個是蜂蜜；另一組則是每隔 10 分鐘訓練一次。

你知道哪組的蜜蜂成效較高嗎？答案是：**每 10 分鐘訓練一次的蜜蜂。**

這項實驗，跟**間隔複習**（spaced repetition）有關，這種複習法並不是要你瘋狂複習需要複習的東西，而是要過一段時間複習，成效才會比較好。這種複習法特別適合那些需要**學習語言的人**，又或是要**牢記大量知識的人**，例如，背單字就需要牢記大量知識。

放慢複習單字的步伐吧！

了解了上述的蜜蜂實驗後，應該認知了複習單字的時間點不該很緊湊吧！想像一下，複習單字跟鍛鍊肌肉一樣，一下子舉重太多次的話，肌肉一定會受不了，而且還有可能有副作用；但若是可以規律性地練舉重，就像背單字一樣，成效反而會比緊湊複習還要來得好。

但是，話又說回來，複習的時機點要落在哪裡呢？

基本上，我分做八個記憶週期：5 分鐘、30 分鐘、12 個小時、1 天、2 天、4 天、7 天及 15 天。

簡單來說，若今天有兩課單字要背，那我的計劃表會是這樣：

第一天早上：背第一課單字；5 分鐘過後複習第一課；30 分鐘過後再複習一次。

第一天晚上：也就是 12 個小時過後，再複習一次第一課。

第二天早上：背第二課單字；5 分鐘過後複習第二課；30 分鐘過後再複習一次。而這時已經過了背第一課的一天記憶周期，所以再複習一次第一課。

第二天晚上：第二課的 12 個小時記憶周期已到，再度拿出來複習。

第三天：基本上就是複習過了兩天記憶周期的第一課和過了一天記憶周期的第二課。

再來的天數就以此類推……

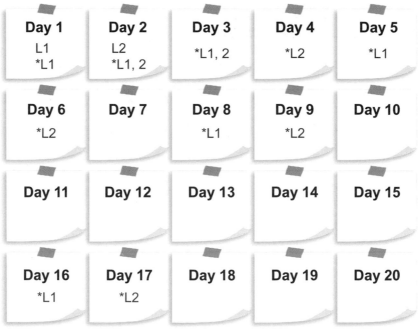

Day 1
L1
*L1

Day 2
L2
*L1, 2

Day 3
*L1, 2

Day 4
*L2

Day 5
*L1

Day 6
*L2

Day 7

Day 8
*L1

Day 9
*L2

Day 10

Day 11

Day 12

Day 13

Day 14

Day 15

Day 16
*L1

Day 17
*L2

Day 18

Day 19

Day 20

（＊表示複習）

當然單字書不會只有兩課，所以進度的安排就可依照這樣的「遺忘曲線」規則來規劃了。

Part
1
如何和英文拉近距離

Part
2
英文單字三大記憶法

Part
3
英文學習工具介紹

Part
4
番外篇

個人經驗分享

經楊智民老師的推薦，我在高三畢業的暑假首次嘗試了這個方法。這個方法一開始有些困難，因為在理想的狀況下，要從早上開始背，而且晚上還要複習。

我第一天開始試驗的時候，我發現有點累，而且背單字的效率好像沒有很好，畢竟一大早要起來複習是一件很累人的事。到了晚上，我複習了早上背的單字，然後第二天早上再繼續背新的單字……就這樣依照這個方法所要求的天數複習，我發現前期在背新單字的時候有點困難，因為會很累，而且還要認真複習舊單字；但到了後期，我**能夠記下的單字變得很多，而且之後再複習的時候，我發現我忘記的單字很少，證實這個方法很有效**。

說真的，這個方法其實就是靠「複習」來背單字，而且這個複習是要有規律地，**不能一味地為了複習而複習**，否則很難把單字順利給記下來。

最後，還有一點要補充：這個方法是套用在「背單字」上，**純屬背單字而已**，並沒有牽涉到單字的用法，所以說這樣還不夠，因為你背下來的只有單字本身，還需要你學習**單字的用法以及在日常生活中使用這些單字**，這樣一來才能夠真正掌握這些單字，終身難忘。

本章單字拆解舉例的縮寫原意：

拆：拆解　　　聯：聯想　　　態：時態

同：同義詞　　反：反義詞　　配：搭配詞

轉：印歐語詞根的轉音（請搭配轉音六大模式閱讀）

延伸：以原始印歐語做延伸，延伸單字皆同源，有該
　　　印歐語的核心語意。

Part
2

英文單字三大記憶法

單字要能記得好,方法很重要!
且看,我如何運用字根首尾的概念,搭配格林
法則,再利用語音表意這三大記憶方法,有效
且快樂的學單字。

Chapter 1

記憶法一：利用「字根、字首、字尾」記單字

|1| 字根首尾的定義與介紹

英文單字也有「部首」嗎？

　　平常在背單字的時候，我們最常做的事情是直接背它的定義。但是，**你有想過其實很多單字都可以拆解嗎？你知道拆解完，可以幫助你把定義記的更牢固嗎？**很多人壓根兒沒想過這件事。其實，英文單字也有**「部首」**，就像我們中文字一樣，例如：有「火」的部首的字都跟火有關，像是燃、焙、炭等等。英文也是一樣，很多**單字拆解過後每個部分有自己的意思**，而單字的本意也會跟每個部分的意思有關連。讓我分享一則有趣的真實故事給你聽吧！

　　我曾經問了一個念普通高中的朋友一個問題：

　　「你知道腳踏車的英文是甚麼嗎？」

　　他不假思索就回答了：「bicycle！」並反問我說：「你當我國小生喔？」

　　「那你知道三輪車跟獨輪車的英文嗎？」

　　他想了很久都沒有答案，我接著問他說：

　　「你知道 triangle 是什麼意思吧？」

　　「又把我當國小生？三角形啊！」

「angle 是角度的意思，想必你高中有學過。」

「啊然後勒？」

「前面的 *tri-* 表示數字，有三的意思，而 bicycle 的 *bi-* 是數字二的意思，替換一下，你現在可以告訴我三輪車的英文了。」

「tricycle ？」

「對的，那獨一無二的英文想必你也有學過。」

「unique ？」

「對啊，記住，前面的 *uni-* 表示數字，有一的意思。」

他反應很快：「unicycle ！獨輪車該不會是 unicycle 吧？！」

我很高興地說：「你看，我根本沒跟你說獨輪車跟三輪車的英文是什麼，你自己就會了！」

我從沒看過他這麼興奮過，他說：「好酷喔！你繼續教我啊！」

單字的拆解

知道單字可以拆解後的你，可以更進一步了解字根、字首、字尾了。首先，我們用 impediment（阻礙）這個長字來示範什麼是字根、字首、字尾。這個字能夠拆解成三個部分，如下：

元素	字首	字根	[連接字母]	字尾
拆解	*im-*	*ped*	**i*	*-ment*
意思	in（裡面）	foot（腳）		名詞字尾

* 連接字母的用途是讓單字較好發音，不一定都會出現

impediment 經拆解後，可以看到字面上的意思是「腳在裡面」。經考據，這個字的原意是指 to shackle the feet（把腳束縛住），有「阻止」的意思，這個單字在拆解過後，需要做聯想才能與單字本意做連結，或許我們可以這樣聯想：**腳**（*ped*）被陷入泥淖**裡**（*im-*），行動受到「阻礙」。有了這樣的畫面，就可以很順利的把這個單字記憶下來了。

拆解與聯想過程

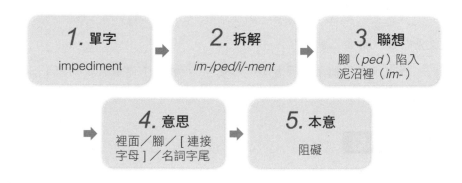

拆解過後的延伸

基本上，能夠拆解的單字，拆解過後的各個部分都具有意思或具有標示詞性的功能，而**拆解的目的是要從各個部分的意思聯想到單字本身的意思**。除此之外，必須把拆解過後的各個部分做延伸，延伸出其他單字，這樣才有背字根首尾的意義，因為如果你只知道 *ped* 是腳的意思，雖然可以幫助你背 im**ped**iment，但如果能把

ped 做延伸的話會更好，這樣才能發揮效用。以下舉例幾個 *ped* 的延伸單字：

1. centi**ped**e (n.) 蜈蚣（*cent-* 為一百的意思，centi**ped**e 即百足蟲）
2. **ped**estrian (n.) 行人（行人以腳步行）
3. ex**ped**ition (n.) 遠征（*ex-* 為常見字首，有外面的意思，ex**ped**ition 即走到外面）

多重字尾

　　在解釋字首、字根、字尾之前，我要先提**多重字尾**的問題。舉個例子：internationalization 是國際化的意思，可以拆解成：*inter-/nat/-ion/-al/-iz(e)/-ation*，分別代表：兩者之間／生／名詞字尾／形容詞字尾／動詞字尾／**名詞字尾**，看起來很複雜，但其實只有多加接幾個字尾而已。**不管單字後面連接多少字尾，詞性的判斷都是依照最後面那個**，所以 internationalization 的詞性為名詞。

多重語意

　　除了多重字尾的問題，值得一提的還有**字首的多重語意**，多重語意代表一個字首會不只有一種意思，有時會有兩三種不等，但並非所有字首都會有多重語意，舉個例子：*de-* 有「**往下**」、「**完全**」、「**離開**」等意思；*ob-* 有「**對立**」、「**旁邊**」等意思。

字根首尾的定義

那字根首尾實質上是什麼意思呢？請看以下的解釋與定義：

字根為構詞的核心元素，為單字意思的主要來源，**語意的強度大於字首及字尾**，且字根分為**可獨立字根**和**不可獨立字根**，**可獨立字根**本身即**單字**，例如：*form* 的單字本意和字根意思相近，「形式」的意思；**不可獨立字根**則是要加字首、字根或字尾才能構成一個單字，例如：*ple* 為「折」的字根，本身不是單字（前面加上 *tri-*，表示「三」的字首，就能構成「三倍的」的單字 triple，而字首 *tri-* 可以從簡單字的 triangle 來記，因為 angle 本身就是角度的意思，你可以很直覺知道 *tri-* 就是三的意思）。

字首和字尾其實有相似之處，這兩者都是用以連接單字或字根，以構成新的單字。字首有語意，但**語意的強度會低於字根**，因為字根才是**單字本義的來源**；儘管有些字尾也有語意，但**字尾**最明顯的用途是**改變單字的詞性**，例如：加上 *-al* 可以讓單字轉變為**形容詞**或**名詞**，加上 *-ate* 可以讓單字變為**動詞**、**名詞**或**形容詞**。

連字號（hyphen）的位置

字首後面有連字號，例如：*tri-*；

字根沒有連字號，例如：*ped*；

字尾前面有連字號，例如：*-ment*。

Part
1
如何和英文拉近距離

Part
2
英文單字三大記憶法

Part
3
英文學習工具介紹

Part
4
番外篇

字根首尾的分類

能夠拆解的單字有個特點，大致上，我把它分成三大類：

▶「直觀識字類」

就是單字拆開後，**可以輕鬆地從字根首尾的組合知道其意義**，例如：bilingual 可以拆解成：*bi-/lingu/-al*，分別代表：二／語言／形容詞字尾，所以很直覺可以知道這個單字的意思是「雙語的」。再舉個例子：sinusitis 可以拆解成：*sinus/-itis*，分別代表：鼻竇／發炎，而這個字就是「鼻竇炎」的意思（這個單字千萬不要背，除非你喜歡背單字或你想當醫生）。

▶「弦外之音類」

就是拆開後的單字**需要作一點聯想**才能跟中文解釋搭上的意思，例如：despise，可以拆解成：*de-/spise*，分別代表：往下／看，字面上的意思是「往下看」，但單字本身的意思是「貶低」或「藐視」，其實就是有**由高處往下看別人、看不起的感覺**。

▶「歷史典故類」

為數不少的單字來源和神話、文學、歷史相關，這類的單字大多還是和字根首尾相關，稍微了解單字的背景便能輕鬆記憶，例如：aphrodisiac，它是「春藥；催情劑」的意思，這個字的來源是 Aphrodite，是希臘神話中代表愛情的性愛女神，這就是為什麼

aphrodisiac 有春藥的意思。再舉個例子：trivia 是「瑣事」或「不重要的事」的意思，它可以拆解成：tri-/via，分別代表三／路，單字本意是「三條路」的意思，在拉丁文 trivium 代表交叉路口的意思，有「大家都會經過的地方」之義，進而衍生出「稀鬆平常的事」之義。

我替大家統整了一個表格，可以讓你清楚看出這三類單字的差別：

類別	例子	拆解
直觀識字	bilingual (adj.) 雙語的 sinusitis (n.) 鼻竇炎	bi-（二）／lingu（語言）／-al（形容詞） sinus（鼻竇）／-itis（發炎）
弦外之音	despise (v.) 看不起 somnambulist (n.) 夢遊者	de-（往下）／spise（看） somn（夜晚）／ambul（行走）／-ist（人）
歷史典故	aphrodisiac (n.) 春藥 trivia (n.) 瑣事	from Aphrodite（愛與美之神） tri-（三）／via（路）

同化作用與變體

關於字首與字根，我還得補充一些內容：

首先是字首，**字首有時會產生同化作用**，我不太喜歡説專有名詞，不太好懂，**我常把「同化作用」看作是「讓單字變好唸的一個變化過程」**。例如：affirm 是「斷言」的意思，其實前面的 *af-* 為 *ad-*（「to」的字首）的變體，這裡就有所謂的「同化作用」發生，因為如果拼寫成 adfirm，想必很難唸，**舌頭跟嘴唇都會很忙**，不如直接**讓字首後面的字母跟字根前面的字母一樣，這樣會好唸許多**。

再來是字根，**字根會有變體產生**，也就是説**相同語意的字根會有很多樣貌**，例如：*fess* 為「説」的字根，它的變體有很多種，像是：*fant, phet, phon* 等等，但是，儘管拼字上的差異很大，每個字根的**發音還是有相近之處**，因為只要是發音相近的單字或字根，意思會相近，在此有一個專屬的口訣：**「音相近，義相連」，請記住這六個字**，在後面的章節會常常用到。

轉音導致變體產生

至於為什麼會有變體的產生？這關係到**轉音**的問題（在後面**格林法則**的章節會介紹），音會轉變很正常，舉 ch 的音為例就好：child（小孩）的 ch 是發 [tʃ] 的音、chameleon（變色龍）的 ch 是發 [k] 的音、charades（比手畫腳猜謎）的 ch 是發 [ʃ] 的音，從以上三個例子就可以看到音會轉變的現象。

在學字首、字根及字尾之前，應該要注意以下幾點：

1. **有基本的單字量再來學會更好**，最好是有國中（約 **1200 個單字**）的單字量。

2. 拆解過後的單字若很難做聯想，那就不要拆解了，因為多此一舉。

3. 若是拆解出非常困難的字根，或是那個字根無法延伸其他字，那就不要記那個字根的意思了，因為**記字根意思的目的在於延伸和統整單字**。

4. 若單字拆解過後的某個部分，能跟單字意思做聯想，那就拆解一半就好，例如：pedestrian 的 *ped* 已有「行人」在「走」的意思了，後面的 *estrian* 可以不必深究。

5. 在第二節會提到很多可以拆解的單字，建議你可以**準備一本筆記本**，把有相同字首、字根或字尾的單字統整起來。

其他疑問

我知道你對字首、字根、字尾還是有些疑問。例如：要如何知道單字怎麼拆解？可以買什麼書來增進字首、字根和字尾的實力？學字首、字根和字尾真的有用嗎？為什麼不要直接記單字意思就好，學習字首、字根和字尾是不是多此一舉？ 7000 單都記不完了，哪還有時間記憶字首、字根和字尾？關於這些問題，我會在本章節的結論處（詳見 P. 118）一一幫大家解答，聽完想必你會對此方法感興趣的！

|2| 字根首尾單字舉例和拆解

tripod [`traɪpɑd]
n. [C] 三腳架

> 拆：tri-（三）／ pod（即 foot，腳）
> 聯：三隻腳的東西 → 三腳架
> 配：mount a camera on a tripod
> 　　把相機架在三腳架上

延伸

tri-：**tri**ple 三倍的（ple 為「折」的字根）、**tri**cycle 三輪車（cycle 為「圈圈」的字根）

pod：**ped**al 踏板（ped 即 pod）、**ped**estrian 行人、im**ped**e 阻礙（im- 為「裡面」的字首）

biography [baɪ`ɑgrəfɪ]
n. [C] 傳記

> 拆：bio-（生命）／ -graphy（寫）
> 聯：寫下生命中發生的事 → 傳記
> 配：biography of sb. 某人的傳記

延伸

bio-：**bio**graphical 生平的（-al 為「形容詞」字尾）、auto**bio**graphy 自傳（auto- 為「自己」的字首）、**bio**logy 生物學（-logy 為「學科」的字尾）、anti**bio**tic 抗生素（anti- 為「反對、相反」的字首）

-graphy：photo**graphy** 攝影（photo- 為「光」的字首）、geo**graphy** 地理（geo- 為「土地」的字首）

Part
2
英文單字三大記憶法

Part
3
英文學習工具介紹

Part
4
番外篇

inspect [ɪn`spɛkt]

vt. 視察;檢查

拆:*in-*(裡面)／*spect*(看)

聯:往**裡面看** → 視察;檢查

態:inspect, inspected, inspected

同:examine (v.) 仔細檢查;考核

配:inspect the house/mail/site
檢查房屋／郵件／現場

延伸

in-:**in**spection 檢查(*-ion* 為「名詞」字尾)、**in**spector 視察員(*-or* 為「人」的字尾)、**in**ternal 內部的、**in**vestigate 調查(vestige 為「痕跡」的單字)、**in**trude 侵入(*trud* 為「推、戳」的字根)、**im**pression 印象(*press* 為「壓」的字根及單字)、**im**prison 監禁(prison 為「監獄」的單字)

spect:pro**spect** 展望(*pro-* 為「前面」的字首)、**spect**ator 觀眾(*-or* 為「人」的字尾)

---

erupt [ɪ`rʌpt]

vi. (火山)爆發

拆:*e-*(即 *ex-*,外面)／*rupt*(破)

聯:往**外**撐破 →(火山)爆發

態:erupt, erupted, erupted

同:break out (phr.) 爆發、
explode (v.) 爆炸

配:erupt into laughter/shouting 突然
大笑／大叫,a scandal/volcano
erupts 爆出醜聞／火山爆發

延伸

e-:**e**ruption 爆發(*-ion* 為「名詞」字尾)**ex**it 出口(*it* 為「走」的字根)、**ex**ternal 外部的、**ex**pand 擴展(*pand* 為「展開」的字根)

rupt:bank**rupt** 破產、dis**rupt** 使中斷(*dis-* 為「分開」的字根)

dictionary [ˋdɪkʃənˌɛrɪ]

n. [C] 字典

拆：dict（說）

聯：把**說**過的話記下來的東西 → 字典

配：use/check/consult a dictionary 使用／查／查字典，a pocket/bilingual dictionary 袖珍／雙語字典，an electronic/online dictionary 電子／線上字典

延伸

dict：**dict**ation 口述、聽寫（-ation 為「名詞」字尾）、**dict**ate 命令（-ate 為「動詞」字尾）、pre**dict** 預測（pre- 為「前面」的字首）、contra**dict** 反駁（contra- 為「相反、對立」的字首）

manufacture
[ˌmænjəˋfæktʃɚ]

vt. 製造

拆：manu（手）／ fact（做）／ -ure（名詞或動詞字尾）

聯：用**手**做東西 → 製造

態：manufacture, manufactured, manufactured

同：produce (v.) 產出、create (v.) 創造

延伸

manu：**manu**facturer 製造商（-er 為「人」的字尾）、**manu**facturing 製造業（-ing 表「名詞」字尾）、**manu**al 手動的（-al 為「形容詞」字尾）、**manu**script 手稿（script 為「寫」的字根，同時為「講稿」的單字）、**main**tain 維持（tain 為「抓住」的字根）

fact：per**fect** 完美的（per- 為「徹底地」的字首）、**fac**simile 複製（simil 為「相同」的字根）

Part
1
如何和英文拉近距離

Part
2
英文單字三大記憶法

Part
3
英文學習工具介紹

Part
4
番外篇

recession [rɪ`sɛʃən]

n. [C or U]（經濟）衰退

拆：re-（往後）／ cess（走）／ -ion（名詞字尾）

聯：**往後走** → 衰退

同：downturn (n.) 低迷，衰退

配：be in the depths of recession 陷入低迷，an economic recession 經濟衰退期，suffer a recession 受衰退期之苦

延伸

re-：**re**fugee 難民（*fug* 為「逃」的字根，*-ee* 為「人」的字尾）、**re**call 回憶；招回（call 為「叫」的單字）、**re**trieve 取回（*trieve* 為「找」的字根）

cess：ex**cess** 超過、過量（*ex-* 為「外面」的字首）、ex**cess**ive 過度的（*-ive* 為「形容詞」字尾）、ex**ceed** 超過、pro**ceed** 前進（*pro-* 為「前面」的字首）

---

renovate [`rɛnə͵vet]

vt. 翻新

拆：re-（再）／ nov（即 new，新）／ -ate（動詞字尾）

聯：**再把一個地方變新**的 → 翻新

態：renovate, renovated, renovated

同：repair (v.) 修補、restore (v.) 恢復

反：damage (v.) 破壞、destroy (v.) 摧毀

配：renovate a house/building 房屋／建築物整修

延伸

re-：**re**novation 翻新（*-ation* 為「名詞」字尾）、**re**use 重複使用（use 為「使用」的單字）、**re**cycle 回收（cycle 為「圈圈」的字根，同時為「循環」的單字）、**re**do 重做（do 為「做」的單字）、**re**write 重寫（write 為「寫」的單字）、**re**new 更新（new 為「新」

的單字）、**re**union 重聚（*uni-* 為「一」的字首）、**re**view 審查；複習（view 為「看」的單字）、**re**vise 校訂（*vis* 為「看」的字根）、**re**form 改革（form 為「形式」的單字）、**re**vive 復甦（*vive* 為「生活」的字根）

nov：**nov**el 新穎的、**nov**ice 新手、in**nov**ate 創新（*in-* 為「裡面」的字首）

complicated

[ˋkɑmpləˌketɪd]

adj. 複雜的

拆：*com-*（一起）／ *plic*（折）／ *-ate*（動詞字尾）／ *-d*（形容詞字尾）

聯：把很多東西折在一起 → 複雜的

同：complex (adj.) 複雜的、elaborate (adj.) 精細的

反：easy (adj.) 簡單的、simple (adj.) 容易的

配：extremely/immensely/highly complicated 非常複雜

延伸

com-：**com**plicate 使複雜（*-ate* 為「動詞」字尾）、**com**plication 複雜（*-ion* 為「名詞」字尾）、**con**nect 連結（*nect* 為「綁」的字根）、**col**lect 收集（*lect* 為「聚集」的字根）、**co**operate 合作（*oper* 為「工作」的字根，*-ate* 為「動詞」字尾）、**co**ed 男女合校的（ed=education）、**con**flict 衝突（*flict* 為「打」的字根）、**con**centrate 集中（*centr* 即 center，為「中間」的字根）、**con**junction 結合；連接詞（*junct* 為「連接」的字根）、**com**pose 包含；作曲（*pos* 為「放」的字根）

plic：tri**ple** 三倍的（*tri-* 為「三」的字首）、multi**ple** 多種的（*multi-* 為「多」的字首）、re**plic**a 複製品（*re-* 為「再」的字首）

101

proposal [prəˈpozl̩]

n. [C] 提議；求婚

拆：*pro-*（前面）／*pos*（放）／ *-al*
（名詞字尾）

聯：把意見**放**在**前面** → 提議

配：proposal to do sth. 做某事的提議，
marriage proposal/proposal of
marriage 求婚，make/approve/
support a proposal 提議／同意提
議／支持提議，a detailed/concrete
/specific proposal 詳細的／具體的
／明確的提議

延伸

pro-：**pro**pose 提議（*pos* 為「放」的字根）、**pre**historic 史前的
（history 歷史 + *-ic*）、**pre**pare 準備（*par* 為「準備」的字根）、
preview 預習（view 為「看」的單字）、**pre**dict 預言（*dict* 為
「說」的字根）、**pre**caution 預防措施（caution 為「守衛」的
字根，同時為「警告」的單字）、**pri**or 優先的、**pro**ject 投影（*ject*
為「丟、投」的字根）、**pro**phet 預言者（*phet* 為「說」的字根）、
prolong 延長（long 為「長」的單字）、**pre**vious 先前的（*vi*
為「走」的字根）、**pro**pel 推進（*pel* 為「推」的字根）、
preface 序言（*face* 為「說」的字根）、**pre**liminary 預備的（*limin*
為「門檻」的字根）

pos：de**pos**it 存放（*de-* 為「旁邊」的字首）、ex**pos**e 暴露（*ex-* 為
「外面」的字首）、op**pos**e 反對（*op-* 為「前面、相反」的字首）、
op**pon**ent 對手（*-ent* 為「人」的字尾）、post**pon**e 延後（*post-*
為「後面」的字首）

dauntless [ˋdɔntlɪs]

adj. 無畏的；決然的

拆：*daunt*（嚇）／ *-less*（無法）

聯：**嚇**不著的 → 無畏的

同：bold (n.) 勇敢的、
courageous (adj.) 有膽量的

反：terrified (adj.) 非常害怕的、
frightened (adj.) 害怕的

配：dauntless optimism 無畏的樂觀主
義精神

延伸

-less：aim**less** 漫無目的的（aim 為「目標」的單字）、bound**less**
無窮的（bound 為「邊界」的單字）、care**less** 粗心大意的
（care 為「謹慎」的單字）、end**less** 無休止的（end 為「結
束」的單字）、hope**less** 沒希望的；完全不擅長的（hope 為
「希望」的單字）、home**less** 無家可歸的（home 為「家」的
單字）、price**less** 無價的；極其好笑的（price 為「價錢」的
單字）、use**less** 無意義的；沒有用的（use 為「使用」的單字）、
speech**less** 無言的（speech 為「說話」的單字）、wire**less**
無線的（wire 為「線」的單字）

façade [fə`sɑd]

n. [C] 建築物的正面

n. [S] 虛假的外表

拆：fac（即 face）

聯：建築物的**臉** → 建築物的正面；虛假的外表

同：appearance (n.) 外表、disguise (n.) 偽裝

配：maintain a façade of sth. 維持一個……的假象

延伸

fac：bare**fac**ed 厚顏無恥的（bare 為「赤裸的」的單字）、**fac**eless 千面一人的；無趣的（-less 為「缺少」的意思）、**fac**ial 臉部的（-ial 為形容詞字尾）、inter**fac**e 介面（inter- 為「……之間」的字首）、super**fic**ial 膚淺的、淺薄的（super- 為「上方」的字首）、sur**fac**e 表面（sur- 等同於 super-）、two-**fac**ed 雙面人的（two 為「二」的單字）、type**fac**e 字體（type 為「打字」的單字）、volte-**fac**e 大轉變（volte 為「轉」的字根）

constellation
[ˌkɑnstə`lɛʃən]

n. [C] 星座

拆：con-（一起）／stell（星星）／-ation（名詞字尾）

聯：聚在**一起的星星** → 星座

同：astrological sign 黃道十二宮

延伸

con-：**con**ceal 躲藏；隱匿（ceal 為「蓋住；躲藏」的字根）、**con**cede 承認（cede 為「走；妥協」的字根）、**con**ceive 想像；構想；懷孕（ceive 為「拿；抓」的字根）、**con**cept 概念；原則（cept 即 ceive）、**con**cern 關切；擔心（cern 為「過濾；分辨」的字根）、**con**clude 總結（clude 為「關」的字根）、**con**crete 混泥土；具體的（crete 為「成長」的字根）、**con**fine 限制（fine 為「結束」的字根）、**con**diment 調味品（di 為「放、放置」的字根）、**con**ference 會議（fer 為「帶」的字根）、**con**ductor 指揮；列車長（duct 為「引導」的字根）、

Part
1
如何和英文拉近距離

Part
2
英文單字三大記憶法

Part
3
英文學習工具介紹

Part
4
番外篇

confess 坦白；懺悔（*fess* 為「説」的字根）、**con**front 面臨（front 為「額頭」的單字）、**con**genial 友善的（*gen* 為「生」的字根）、**con**gregation 信眾（*greg* 為「群聚；一群」的字根）、**con**form 順從（form 為「形成」的單字）、**con**jecture 猜想；臆測（*ject* 為「丟；驅使」的字根）

stell：**aster**isk 星號、**astr**ology 占星學（*-logy* 為「學説」的字尾）、**astr**onaut 太空人（*naut* 為「船」的字根）、**astr**onomy 天文學（*nom* 為「規則」的字根）、dis**aster** 災難（*dis-* 為「壞」的字首）、inter**stell**ar 星際的（*inter-* 為「⋯⋯之間」的字首）、**star** 星星；恆星；星形物、**star**fish 海星（fish 為「魚」的單字）

---

adverse [æd`vɝs]

adj. 不利的；負面的；有害的

拆：*ad-*（to）／ *verse*（轉）

聯：轉到不好的那面 → 負面的；不利的；有害的

同：detrimental (adj.) 有害的、inimical (adj.) 不利的

反：beneficial (adj.) 有利的、helpful (adj.) 有幫助的

配：adverse publicity 負面的關注，adverse conditions 不利的情況

延伸

ad-：**ab**breviate 縮寫（*brev* 為「短」的字根）、**ac**celerate 加速（*celer* 為「速度」的字根）、**ac**cept 接受（*cept* 為「拿」的字根）、**ac**cess 途徑；方法；權力（*cess* 為「走」的字根）、**ac**claim 讚賞（*claim* 為「吼」的字根）、**ac**cord 協議；授予（*cord* 為「心」的字根）、**ac**cumulate 累積（*cumul* 為「堆」的字根）、**ad**apt 適應；改編（apt 為「適當的」的單字）、**ad**here 黏附（*here* 為「粘」的字根）、**ad**equate 充足的（*equ* 即 equal）、**ad**mit 承認（*mit* 為「發送」的字根）、**ad**orn 裝飾；裝扮（*orn* 為「安排」的字根）、

advocate 提倡（*voc* 為「聲音；發聲」的字根）、**af**fable 易於交談的（*fab* 為「說」的字根）、**af**flict 使痛苦；使苦惱（*flict* 為「打擊」的字根）、**al**leviate 減輕；緩解（*lev* 為「輕」的字根）、**al**locate 分配（*loc* 為「地方」的字根）、**an**notate 加註解（*not* 即 note）、**an**nihilate 澈底摧毀；澈底擊敗（*nihil* 即 nil，nil 為「零；無」的意思）、**ap**pall 震驚；驚駭（*pal* 即 pale）

verse：anni**vers**ary 週年紀念日（*ann* 為「年」的字根）、contro**vers**y 爭議（*contro* 為「相反；抵抗」的字根）、con**verse** 相反的（*con-* 為「一起」的字首）、con**vert** 皈依；改變（*con-* 為「一起」的字首）、re**verse** 扭轉；推翻；倒車（*re-* 為「往後」的字首）、uni**verse** 宇宙（*uni-* 為「一」的字首）、**vers**atile 多才多藝的；多種用途的、**vers**ion 版本（*-ion* 為名詞字尾）、**verse** 詩的一節、**vers**us 對上

---

carnivore [ˋkɑrnəˌvɔr]

n. [C] 肉食性動物

拆：*carn*（肉；切）／ *vor*（吃）
聯：**吃肉**的動物 → 肉食性動物
同：predator (n.) 肉食性動物
反：herbivore (n.) 草食性動物

延伸

carn：**carn**ivorous 肉食性的（*-ous* 為形容詞字尾）、**carn**age 大屠殺、**carn**al 肉體的（*-al* 為形容詞字尾）、**carn**ation 康乃馨（*-ation* 為名詞字尾）、**carn**ival 嘉年華（*val* 為「輕」的字根）、in**carn**ate 化身的（*in-* 為「裡面」的字首）、in**carn**ation 化身（*-ation* 為名詞字尾）、rein**carn**ate 以不同形式出現（*re-* 為「再一次」的字首）、rein**carn**ation 輪迴轉世（*-ation* 為名詞字尾）

vor：de**vour** 狼吞虎嚥；吞噬；如飢似渴地閱讀（*de-* 為「往下」的字首）、**gor**ge 狼吞虎嚥；峽谷、herbi**vor**e 草食性動物（*herb* 為「藥草」的單字）、herbi**vor**ous 草食性的（*-ous* 為形容詞字尾）、

omni**vor**e 雜食性動物（*omni-* 為「全部」的字首）、
omni**vor**ous 雜食性的；興趣廣泛的（*-ous* 為形容詞字尾）、
voracious 飢渴的；貪婪的（*-ous* 為形容詞字尾）、**vor**acity
貪婪；貪吃（*-ty* 為名詞字尾）

---

pregnant [ˋprɛgnənt]
adj. 懷孕的；意味重大的

拆：*pre-*（前）／ *gn*（生）／ *-ant*
（形容詞字尾）
聯：出**生前**的狀態 → 懷孕的
同：expectant (adj.) 將要成為父母的
配：get sb. pregnant 使……懷孕，
pregnant silence 意味深長的沉默

延伸

pre-：**pre**amble 開場白；前兆（amble 為「走；漫步」的單字）、
prearranged 預先安排的（arrange 為「安排」的單字）、
precaution 預防措施（caution 為「謹慎」的單字）、**pre**cinct
區域（*oinot* 即 cinch，cinch 為「繫」的單字）、**pre**cise 精準
的（*cise* 為「切；打」的字根）、**pre**cocious 早熟的；少年老
成的（*coc* 為「成熟；煮」的字根）、**pre**school 幼稚園（school
為「學校」的單字）、**pre**dominant 顯著的；占絕大多數的
（dominant 為「主要的」的單字）、**pre**fer 更喜歡（*fer* 為
「帶」的字根）、**pre**fix 字首（*fix* 為「黏住；繫住」的字根）、
premature 過早的；不成熟的（mature 為「成熟的」的單字）、
premeditated 預先考慮的；蓄意的（meditate 為「沉思、深思」
的單字）、**pre**natal 產前的（*nat* 為「生」的字根）、
preposition 介系詞（*pos* 為「放」的字根）、**pre**scription 處
方（*scrip* 為「寫」的字根）、**pre**serve 保護；保鮮（*serve* 為
「保護」的字根）、**pre**stigious 有聲望的（*stig* 即 strain）、
presume 認為；推定（*sume* 為「拿；得到」的字根）、

pretend 假裝（*tend* 為「伸展」的字根）、**pre**vail 占優勢；盛行（*vail* 為「強；有力量」的字根）、**pre**vent 預防（*vent* 為「走；來」的字根）、**pre**view 預習；預告（*view* 為「看」的單字）、**pre**vious 先前的（*vi* 為「路」的字根）

gn：hydro**gen** 氫氣（*hydro-* 為「水」的字首）、oxy**gen** 氧氣（*oxy-* 為「酸」的字首）、beni**gn** 良性的（*bene-* 為「好」的字首）、de**gen**erate 下降；退化（*de-* 為「往下；離開」的字首）、**gen**e 基因、**gen**erate 發電機（*-or* 為名詞字尾）、**Gen**esis 創世紀、**gen**ius 天才、**gen**ocide 種族滅絕（*-cide* 為「殺」的字尾）、**gen**re 類型；風格；體裁、**gen**uine 真正的；真誠的、**gen**tle 輕柔的、**germ** 細菌、indi**gen**ous 本土的；土生土長的（*in-* 為「裡面」字首）

---

commitment
[kə`mɪtmənt]

n. [C or U] 保證；奉獻；承諾

拆：*com-*（一起）／ *mit*（送）／ *-ment*（名詞字尾）

聯：所有心思**一起送**過去 → 承諾；奉獻

同：guarantee (v.) 保證、
promise (n.) 承諾

反：breach (n.) 違反

配：make/give a commitment 給承諾，
long-term commitment 長期的奉獻，political commitment 政治上的承諾

延伸

com-：**col**lapse 倒塌；倒下（*lapse* 為「倒塌」的單字）、
collaborate 合作；勾結（labor 為「勞力」的單字）、
collateral 擔保品；附帶的（*lateral* 為「邊」的字根）、
collect 收集；聚集（*lect* 為「收集；聚集」的字根）、
collide 相撞；碰撞（*lide* 為「打」的字根）、**col**loquial 口語

Part
1
如何和英文拉近距離

Part
2
英文單字三大記憶法

Part
3
英文學習工具介紹

Part
4
番外篇

的（*loqu* 為「說」的字根）、**cor**rect 正確的；更正（*rect* 為「直」的字根）、**cor**roborate 證實（*robor* 即 robust）、**cor**rode 侵蝕；腐蝕（*rode* 為「咬；刮」的字根）、**cor**rupt 腐敗的；損壞的；道德敗壞的（*rupt* 為「破」的字根）、**co**incidence 巧合（*cid* 為「落下」的字根）、**com**bat 戰鬥（*bat* 為「打」的字根）、**com**bine 結合；合併（*bine* 為「二；兩個」的字根）、**com**memoration 紀念（*memor* 為「提醒；記得」的字根）、**com**ment 評論（*ment* 為「想」的字根）、**com**modity 商品（*mod* 為「方法；方式」的字根）、**com**pact 小巧的（*pact* 為「繫；固定」的字根）、**com**panion 同伴；夥伴（*pan* 為「麵包；餵」的字根）、**com**pel 強迫；逼迫（*pel* 為「驅使；刺」的字根）、**com**pensate 賠償；補償；彌補（*pens* 為「花錢」的字根）、**com**ply 服從；遵守（*ply* 為「填補」的字根）、**com**ponent 成分；零件（*pon* 為「放置」的字根）、**con**fident 有信心的（*fid* 為「相信」的字根）、**con**fidant 知己；知心朋友（*fid* 為「相信」的字根）、**con**dense 壓縮；濃縮；凝固（*dense* 為「濃厚的」的單字）、**con**do 公寓（即 **con**dominium 的簡寫，*dom* 為「房子」的字根）、**con**serve 節省；保留；保存（*serve* 為「保護」的字根）、**con**spicuous 顯眼的（*spic* 為「看」的字根）、**con**stitute 形成（*stitute* 為「站；設置」的字根）、**con**sume 消耗；消費；吃；喝（*sume* 為「拿」的字根）、**con**template 沉思；打算（*templ* 即 temple）、**con**tend 爭奪；聲稱（*tend* 為「伸展」的字根）、**con**vict 囚犯（*vict* 為「征服」的字根）、**con**vince 說服（*vince* 為「征服」的字根）

mit：ad**miss**ion 入場費；承認（*ad-* 為「to」的字首）、com**miss**ion 委託；犯罪（*com-* 為「一起」的字首）、compro**mis**e 妥協（*com-* 為「一起」的字首）、de**mis**e 死亡（*de-* 為「離開」的字首）、de**mit** 辭職（*de-* 為「往下」的字首）、e**mit** 發出；散發（*e-* 為「外

面」的字首）、inter**miss**ion 中場休息（*inter-* 為「……之間」的字首）、**mess**age 訊息、**miss**ile 飛彈；導彈、**miss**ionary 傳教士、o**mit** 疏忽；漏掉（*ob-* 為「加強語氣」的字首）、per**mit** 允許（*per-* 為「通過」的字首）、pro**mis**e 承諾（*pro-* 為「之前」的字首）、sub**mit** 呈遞；提交（*sub-* 為「下面」的字首）

-*ment*：announce**ment** 公告；聲明（announce 為「公告；聲明」的單字）、appoint**ment** 任命；預約（appoint 為「任命；預約」的單字）、develop**ment** 發展（develop 為「發展」的單字）、disagree**ment** 分歧；意見不合（disagree 為「不同意」的單字）、disappoint**ment** 失望；沮喪（disappoint 為「失望；沮喪」的單字）、embarrass**ment** 尷尬；丟臉（embarrass 為「使……尷尬」）、employ**ment** 受雇；就業（employ 為「雇用」的單字）、encourage**ment** 鼓勵；激勵；促進（encourage 為「鼓勵」的單字）、endorse**ment** 支持；認可；名人代言（endorse 為「認可；背書」的單字）、enforce**ment** 執行（enforce 為「執行」的單字）、engage**ment** 訂婚；預約；交戰（engage 為「使……忙於；進攻」的單字）、entertain**ment** 娛樂節目；娛樂活動（entertain 為「娛樂」的單字）、install**ment** 分期付款（install 為「安裝」的單字）、manage**ment** 管理；經營（manage 為「管理；經營」的單字）、replace**ment** 更換；替換（replace 為「更換；替換」的單字）

|3| 字首、字根、字尾結論

醫學單字其實超好背？

看完上一小節我所整理的單字筆記，相信你一定收穫滿滿吧！沒錯，學會字首、字根、字尾就是要**一次把單字全部打包帶走**。我在背完 7000 單之後，喜歡背一些「不常用到的」單字，尤其是醫學的單字，背那些醫學單字對我而言，看似沒有任何幫助，但事實上，因為醫學單字大多結構清楚，只要掌握字根、字首、字尾就可以輕鬆組合出新單字，所以到現在我還是將背醫學單字當成個人的學習樂趣，活絡自己的思維。有一次我和唸醫護的朋友聊天，發現他在背醫學單字時都是死記硬背，忍不住手癢，教他怎麼用字根字首字尾來背單字。

我問這位朋友：「你們讀醫護的學生是不是要背很多醫療相關的單字？」

他立即抱怨：「對啊！單字根本多到背不起來，而且每個幾乎都很長。」

「那你都是怎麼背的呀？」

「硬背啊，每個單字我都寫十遍，但還是都背不起來……」

「你們老師有說過字首、字根和字尾嗎？」

「那是什麼？完全沒聽過。」

「用這個方法就很好背了，因為醫學的單字基本上都是可以組裝的。」

「組裝？要怎麼組？」

「例如 -itis 結尾的單字都跟發炎有關，如果你知道各個器官的字首，就可以一次背很多字。」

「這樣好像更複雜欸。」

「不會啦，像 appendicitis（闌尾炎）、arthritis（關節炎）、bronchitis（支氣管炎）等等的，都跟 -itis 有關，如果把 -itis 去掉的話，個別代表其字首，所以 appendic- 為『闌尾』的字首、arthr- 為『關節』的字首、bronch- 為『支氣管』的字首，而且，知道這些字首之後，可以再跟其他字尾搭配，造出更多醫學單字。」

「這樣好像可以背很多單字欸！我就想說怎麼這麼多單字都很像。」

「對啊！建議你可以這樣背，有時還可以自己組裝單字呢！」

「怎麼組裝啊？」

「我之前背到眼科的英文單字 "ophthalmology"，所以想必 ophthalmo- 是眼睛的字首，搭配剛剛講的 -itis，就可以造出『眼炎』的單字；ophthalmitis 還可以造出很多，像是 ophthalmectomy（眼睛切除手術）、ophthalmopathy（眼病）、ophthalmoscope（檢眼鏡）等等的，多到講不完。」

「這個方法太厲害了吧！我一定要學起來！」

學字根首尾的好處

學字首、字根、字尾的好處就是它可以幫助你記憶單字，不只這樣，它還能幫你統整一組一組的單字，一次把所有有相同字首、字根或字尾的單字記起來，這種方法是我認為**最有效的單字記憶方式**，因為它讓你很有系統性地背下單字。學這套方法的好處還有很多：

1. 幫助拼字

這個方法可以幫你**提高單字拼字的準確度**，例如：
compassionate（同情的），在拼它之前，我會先想到它的名詞，compassion（同情），在拼字的時候我會拆解每個部分，*com-/pass/-ion/-ate*，之後拼的時候就沒有問題了，因為每個部分我都知道意思。

再舉個更誇張的例子：
pneumonoultramicroscopicsilicovolcanoconiosis（火山矽肺病），這個字如果真的要背起來的話，拆解是最好的方法，這樣拼字的準確度會很高。

2. 分辨易混淆字

舉 symphony 跟 sympathy 為例，相信這兩個單字對有些人來說是很難分辨的，但如果有基本的字根實力，想必會覺得差別相當大。首先有 *phon* 這個字根的單字都跟**「聲音」有關**，而有 *path*

這個字根的單字都跟**「感情、感覺」有關**，非常明顯地，**第一個就是交響樂**的意思，而**第二個就是同情**的意思。除此之外，還有常見的 clockwise 和 counterclockwise 這兩個單字，到底哪個是順時針，哪個是逆時針呢？有學過基本字首的人都知道，有 *counter-* 開頭的單字和**「相反」**有關，像是 **counter**act（起反作用）、**counter**attack（反擊）、**counter**intuitive（違反直覺的）等等，所以很明顯地，counterclockwise 為逆時針的，而 clockwise 就是順時針的，非常容易分辨，對吧！

3. 幫助猜字

可以不看中文或上下文，就猜出單字的意思，儘管還是有部分單字不能夠很直覺地聯想出它的意思，但是學會這套方法，**猜對單字意思的機率可以提高很多**。之前和一位唸普通高中的朋友一起讀書，他在看英文文章，看得很認真，不過我發現他皺了眉頭一下，似乎發現什麼了，緊接著他就問我一個單字的意思，他問我 "desalination" 是什麼意思，剛開始我並不知道這個單字，但是我知道 *de-* 這個字首、跟 *sal* 這個字根，還有 *-ation* 這個字尾，我想了一下 *de-* 有**「分開」**的意思、*sal* 為**「鹽巴」**的字根、*-ation* 為名詞字尾，而 saline 為**「含鹽的」**的單字，我想了想跟**「去鹽化」應該有關**，之後我就回答他：「應該是**海水淡化**的意思吧！」，果不其然，我查了字典後，真的是海水淡化的意思，當下我都嚇到了，**我竟然「會」一個我「不會」的單字**。

4. 自行組裝單字

這個好處或許不夠明顯，因為能夠到了自行組裝單字的地步，應該都要會基本的字首、字根和字尾了，但是這個好處還是有幫助到我。我在學校喜歡跟同學討論單字，有一天他突然問我說：

「你知道『地熱能』的英文嗎？」

「我不知……等等，我可能知道。」

「什麼叫『我可能知道啊』哈哈！」

「你在字典上打 "geotherm" 看看。」

「好像沒有這個字欸。」

「後面加個 -al 勒？」

「有了！地熱的……你怎麼知道的？！」

「我也不知道，我只知道 geo- 有『地』的意思，然後 therm 有『熱』的意思。」

「太猛了吧！那這樣 "geothermal energy" 就是『地熱能』的意思了欸！」

「還好你有問我，不然我也不知道呢！」

或許平常常見的單字沒辦法每個都這樣自行組裝，但可以組裝的例字，**在各個專業領域卻是無所不在。**

5. 不怕長單字

　　相信很多人看到很長單字就會怕，而怕了之後就不敢背了，但會了這套方法不僅讓你不怕，也讓你更好背，而且**通常長的單字可以記地更熟**，舉個例子好了：philanthropist 是「慈善家」的意思，看起來很長沒錯，但它是可以拆解的，可以拆成：*phil-/anthrop/-ist*，分別代表：愛／人／人的字尾，字面上是愛人的人，其實就是「慈善家」的意思。再舉個例子：carnivorous 是「肉食性的」的意思，可以拆解成：*carn/i/vor/-ous*，分別代表：肉／[連接字母]／吃／形容詞字尾，字面上的意思即單字本身的意思。再舉最後一個比較長的單字：ovoviviparous 是「卵胎生的」的意思，可以拆解：*ov/o/viv/i/par/-ous*，分別代表：卵／[連接字母]／生命／[連接字母]／出生／形容詞字尾。

6. 一次背多個單字

　　學會這套方法能夠**自行統整所有相關字首、字根和字尾的單字**，例如，今天背了 ovoviviparous 這個單字，也記住了每個部分的意思，那就需要在每個部分再做延伸，這樣背字根的意思才有意義，從第一個部分來看，它是「卵、鳥」的字根，可以延伸出：**ov**al（卵形的）、**ov**um（卵子）、**ov**ary（卵巢）、**ov**iparous（卵生的），而第二個部分「生命」的字根可以延伸出：**viv**id（生動的）、**viv**isection（活體解剖）、re**viv**e（甦醒）、sur**viv**e（生存）、sur**viv**or（生還者）、**viv**iparous（胎生的）、**viv**acious（活潑的），至於第三個部分代表「出生」的意思，它可以延伸出：**par**ent（父

母）、**par**enting（子女養育）、multi**par**ous（多胞胎的）、
post**part**um depression（產後憂鬱症）等。如果再用舉例出來的單
字的字首、字根、字尾做延伸，那可能寫不完了，像是 postpartum
的 *post-* 為「後」的字首，它可以延伸出：**post**erior（後面的）、
postpone（延後）、**post**war（戰後的）、**post**-impressionism（後
印象主義）等，若是再把 multiparous 的 *multi-* 做延伸的話，就沒
有寫完的一天了。

7. 連結片語意思

　　片語相信大家也背了不少，但你知道有些**片語和字首、字根、
字尾有關**嗎？例如：participate（參與）可以拆解成：*part/i/cip/
-ate*，其中的 *cip* 為 take（拿）的字根，participate 可以跟 take
part in 做聯想，因為這兩個的意思相近；再來還有 erupt 的 *e-* 是
out、*rupt* 是 break，可以跟片語 break out 一起記，意思相近；
despise 的 *de-* 是 down、*spis* 是 look，可以跟片語 look down on
一起記，意思相近；ensure 的 *en-* 是 make、*sure* 即 sure，可以跟
片語 make sure 一起記，意思相近。

　　學會字首、字根、字尾的優點很多，對吧？這些優點都是我學
這套方法三年後所發現的，我一開始還不知道好處會有這麼多，但
就是因為突然有心想學，也因為學了之後很有興趣才一直接觸下去
的。話又說回來，既然你已經知道照這套方法學習的好處這麼多，
還不趕快接著學？相信這套方法可以幫助你解決背單字的困境的！

問題解答

前面提到讀者可能會有的一些疑問，以下就幫大家一一解釋與說明。

❶ 要如何知道單字怎麼拆解？

在第一章有提到，我接觸這套方法是無意間看到 E4F 這個程式的，但這個字典並沒有收錄很多單字，或許高中的 7000 單都可以在此字典查到意思和拆解，但若是需求較大的讀者就必須參考另外其他字典了。我很常用來拆字的字典是 Online Etymology Dictionary 和 Word Information，這兩個字典收錄的單字會比 E4F 來的多，但在閱讀上會稍微有挑戰，不過別擔心，我會在第三章解釋這些字典的用法與優點。

❷ 可以買什麼書來增進字首、字根和字尾的實力？

第三章會介紹推薦書籍，到時會和大家分享。

❸ 學字首、字根和字尾真的有用嗎？

相信在我列出這麼多學這套方法的好處之後，有沒有用處，你心中自有一把尺。

❹ 為什麼不要直接記單字意思就好，學字首、字根和字尾會不會多此一舉？

記單字之所以對很多學生覺得難，是因為**很多人都沒有用邏輯在記**，這套方法能夠幫助以前死背單字的學生突破困難。我有很多同學在我介紹這套方法之後對英文產生興趣，也開始喜歡背單字了，而且每個人反應都很好，我跟他們說過的單字幾乎都可以記得很熟，而且還可以在我寫他們沒見過的字的時候，告訴我其字首、字根、字尾的意思，甚至還能跟我大概解說這個字的意思，雖然沒有百分百到位，但意思都很接近了。熟悉這套方法之後，在背單字會相當容易，而且可以記得很熟，因為可能每個拆解之後的構詞要素的意思都知道，就可以輕易聯想單字的本意，所以你說這套方法是多此一舉嗎？我不這麼認為。

❺ 7000 單都記不完了，哪還有時間記憶字首、字根和字尾？

相信我，先學會這套方法，之後在記 7000 單會很有感覺，**你會發現背單字的效率大幅提高，不僅花的時間減少，單字遺忘的情況也會降低。**你可以花一個月來熟悉這套方法，再花比死背短很多的時間來解決 7000 單。

不過，不是每個單字都能拆解的，有些短的單字還是需要用其他方法來記憶，所以在之後兩個章節，會跟大家介紹另外兩大單字記憶方法，幫助你破解字根字首字尾無法解決的單字。

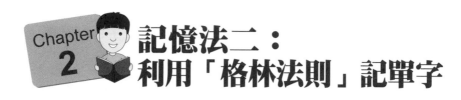

記憶法二：
利用「格林法則」記單字

| 1 | 格林法則（轉音）的概述

英文其實很奇怪

　　英文單字大致可分為**「本族語」**和**「外來借字」**兩大類，分別代表「從古英文直接演變而來的單字」和「由希臘文、拉丁文等印歐語或其他語言借入、拼裝而成的單字」，約僅有**四分之一屬於本族語，四分之三為外來借字**，這代表現代的英文單字大部分是由其他語言借來及重新拼裝而成的。

　　其中**本族語大部分是日常生活中使用、簡單且較短的單字**，例如：gold（金）、wood（木）、water（水）、fire（火）、earth（土）等；其他像是 auriferous（含金的）、xylophone（木琴）、carbohydrate（碳水化合物）、pyromaniac（縱火狂）、aardvark（土豚）等**專業用字，大多都屬於較難記憶的外來借字。**

　　具體而言，英文是從哪裡借字呢？

　　根據統計，英文大部分是向拉丁文（29%）、法文（29%）及希臘文（6%）借字，有 26% 源自日耳曼語，剩下的 10% 有 4%來自專有名詞，6% 來自於其他語言和來源不明。

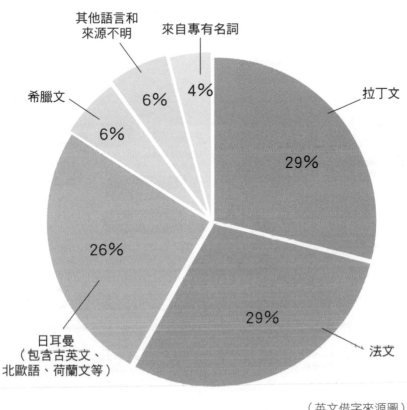

其他語言和
來源不明

來自專有名詞

希臘文

拉丁文

6%

4%

6%

29%

26%

29%

日耳曼
（包含古英文、
北歐語、荷蘭文等）

法文

（英文借字來源圖）

英文和其他語言的關係

　　以下組織圖可以看見英文和其借字來源的關係，有許多語言都
來自於印歐語系，代表這些語言的詞彙同屬於印歐語系。

Part
1
如何和英文拉近距離

Part
2
英文單字三大記憶法

Part
3
英文學習工具介紹

Part
4
番外篇

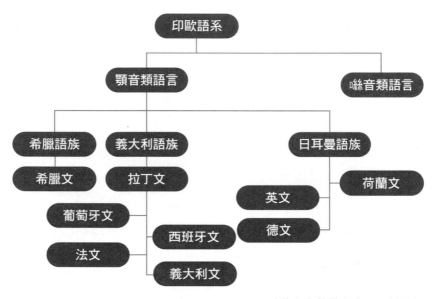

（英文和其借字來源關係圖）

　　以上印歐語系系譜為精要版，並非印歐語系的完整語言分支圖，且屬於噝音類語言的借字較不常見，所以沒有列出。若要看完整版，請看《地表最強英文單字：不想輸，就用「格林法則」背10,000個英文單字》英語的濫觴（P. 26, 27）簡介章節。

　　舉個在大部分語言都有的單字—「太陽」為例：

　　英文的「**sun**」和拉丁文的「**sōl**」、希臘文的「**hēélios**」、法文的「**soleil**」、德文的「**Sonne**」、西班牙文的「**sol**」等是源自印歐語的「*sawel-*」。在這幾個語言代表「太陽」的單字都是**從為印歐語詞根的** *sawel-* 演變來的，所以**這些單字都「同源（cognate）」**（右圖為「太陽」在各個語言的單字組織圖）。

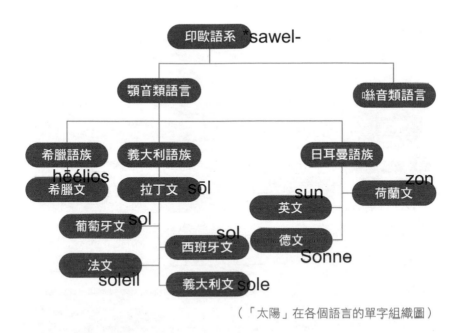

（「太陽」在各個語言的單字組織圖）

轉音六大模式

以上所舉的幾個不同語言的「太陽」單字都同源，這些語言的拼字和英文的 sun 長得幾分相似。但或許你會問：「英文的 sun 跟希臘文的 hēélios 怎麼差這麼多？」為了解決你的問題，底下我會搭配著「**轉音六大模式**」解釋給你聽！

Part
1
如何和英文拉近距離

Part
2
英文單字三大記憶法

Part
3
英文學習工具介紹

Part
4
番外篇

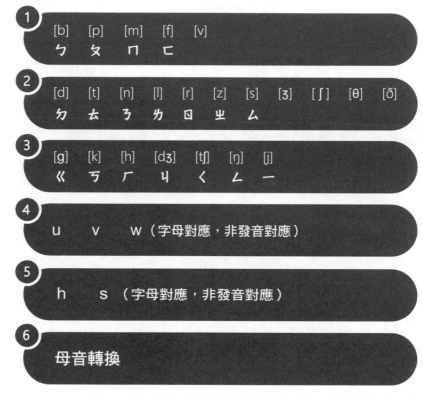

1 [b] [p] [m] [f] [v]
ㄅ ㄆ ㄇ ㄈ

2 [d] [t] [n] [l] [r] [z] [s] [ʒ] [ʃ] [θ] [ð]
ㄉ ㄊ ㄋ ㄌ ㄖ ㄓ ㄙ

3 [g] [k] [h] [dʒ] [tʃ] [ŋ] [j]
ㄍ ㄎ ㄏ ㄐ ㄑ ㄥ ㄧ

4 u v w （字母對應，非發音對應）

5 h s （字母對應，非發音對應）

6 母音轉換

（轉音六大模式。（搭配注音符號幫助讀者記憶））

屬於同一組的音標，發音位置都相同或相似：

第一組的發音在雙唇或唇齒上；

第二組的發音在牙齒和舌頭上；

第三組的發音偏向喉嚨的部分；

第四、五組是字母的對應，並非發音的對應；

第六組的母音轉換較無明顯的規律（例如：「唱歌」動詞三態的 sing, sang, sung 和其名詞 song 都只是母音在轉變，且四個單字都屬同源）。

在前面章節曾介紹過"impediment"這個字，*ped* 為「腳（foot）」的字根，這裡不是要再幫你複習一次，而是要帶你來看 *ped* 的 [p] 音和 foot 的 [f] 音，這兩個音都在「轉音六大模式」的**第一組轉音**裡，代表這兩個音可以互相轉換；再來看看 ped 的 [d] 音和 foot 的 [t] 音，這兩個在「轉音六大模式」的**第二組轉音**裡，可以互相轉換；最後是「轉音六大模式」**第六組**的母音轉換：*ped* 中間的 [ɛ] 音和 foot 中間的 [ʊ] 音可以相互轉換。

在第二章曾提到一個口訣－**「音相近，義相連」（一定要記住這六個字喔）**，所以代表 foot 和 *ped* 的意思會相似，這就是為什麼 *ped* 會有腳（foot）的意思的原因，也是為什麼 **pedestrian** 的**核心語義是「腳」的原因。**

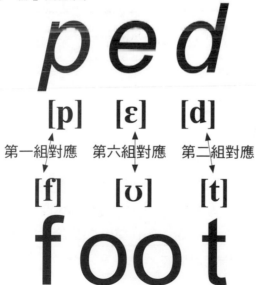

（*ped* 與 foot 轉音模式。）

Part
1

如何和英文拉近距離

Part
2

英文單字三大記憶法

Part
3

英文學習工具介紹

Part
4

番外篇

再來講前面提到的「太陽」這個單字：

• 英文的「**sun**」和西班牙文的「**sol**」

其實這兩個字也有轉音的現象！sun 的 s 對應到 sol 的 s（字母未改變）；sun 的 **u** 對應到 sol 的 **o**（**母音對應**）；sun 的 **n** 對應到 sol 的 **l**（**第二組對應**），sun 和 sol 的語義相近（同時 *sol* 為「太陽」的字根），合乎**「音相近，義相連」**的說法。

• 英文的「**sun**」和希臘文的「**hēélios**」

取希臘文前四個字母（hēél）來判斷就好：sun 的 **s** 對應到 hēél 的 **h**（**第五組對應**）；sun 的 **u** 對應到 hēél 的 **ēé**（**母音對應**）；sun 的 **n** 對應到 hēél 的 **l**（**第二組對應**）。sun 和 hēélios 的語義相近（同時 *helio-* 為「日、日光」的字首），合乎**「音相近，義相連」**的說法。

動詞的三態

有些動詞三態也和轉音有關，較明顯的轉音通常是發生在母音的部分，例如：「sing/sang/sung」、「fight/fought/fought」、「find/found/found」、「win/won/won」等，都是母音在轉換而已，且**同一組的三個單字都互為同源**。

Part

1

如何和英文拉近距離

Part

2

英文單字三大記憶法

Part

3

英文學習工具介紹

Part

4

番外篇

字根的變體

字根之所以有變體是因為有轉音的現象發生，像是 *ped* 有 *pod*, *pus*, *fet* 這幾個變體，很明顯可以看到這四個字根的發音都是有對應的。我們把每個字根按字母拆開來看：

第一個字母符合第一組轉音模式（p 與 f 的對應）；
第二個字母符合第六組轉音模式，為母音對應（e, o, u 的對應）；
第三個字母符合第二組轉音模式（d, s, t 的對應）。

我們曾在前面有提到，*fess*（「說」的字根）有數個變體：*fant*, *phet*, *phon* 等，學會基本轉音的你，可以試著將 *fess* 和另外三個字根用轉音來連結喔！

學習建議

在學格林法則之前，應該要注意以下幾點：

❶ 要記得**英文有個祖先**，也就是**原始印歐語**，原始印歐語延伸出很多單字，且**這些單字都有該印歐語的核心語義**。

❷ 儘管源自印歐語的單字具有印歐語的核心語義，但**現今使用的英文單字的解釋，難免會跟以前的解釋不同**，語言隨著時間流逝，語義會產生變化。

❸ 轉音規則請**參考楊智民老師獨創的「轉音六大模式」**，搭配原始印歐語來延伸單字，**有別於其他字根首尾的書籍，可以輕鬆記憶更多單字。**

❹ 在本章節所舉的例字部分會發現很多**字根的變體**，也請搭配「轉音六大模式」來閱讀，在練習轉音的過程中，**不妨動動嘴巴，感受這些發音的方式和部位。**

❺ 同一組的例字皆同源，**標記粗體的地方為單字的核心語義。**

❻ 轉音例子不只這些，還有很多同源且可轉音的單字等著讀者去發掘，善用 Online Etymology Dictionary，若查到互為同源的兩個單字，檢視有沒有可轉音的地方（**一定要同源才能轉音**）。

Part
1
如何和英文拉近距離

Part
2
英文單字三大記憶法

Part
3
英文學習工具介紹

Part
4
番外篇

|2| 格林法則單字舉例和拆解

在了解了**「格林法則」（轉音）**和**「同源」**之後，接下來，就讓我們進入下一個階段，搭配著**「轉音六大模式」學習**以下的單字吧！

foot [fʊt]

n. 腳

轉：f → p ／ oo → e ／ t → d

配：**foot** massage 足部按摩，
foot soldier 步兵

延伸

*ped- = 腳（foot）：

（註：字根左上角打星號，表示該字根為印歐語字根。）

feet（**foot** 的複數）、cen**ti**p**ed**e 蜈蚣；百足蟲（*centi-* 為「一百」的字首）、ex**ped**ite 加快；迅速完成（*ex-* 為「外面」的字首）、ex**ped**ition 遠征；探險；動作快速（*ex-* 為「外面」的字首）、**fet**ter 腳鐐；束縛、im**pair** 損害；削弱（*im-* 為「裡面」的字首，**pair** 有「跌倒」之意，衍生為「變壞」）、im**ped**e 阻礙；妨礙（*im-* 為「裡面」的字首，腳受束縛）、im**ped**iment 阻礙；困境、milli**ped**e 馬陸；千足蟲（*milli-* 為「一千」的字首）、octo**pus** 章魚（*octo-* 為「八」的字首）、**pa**jama 寬鬆褲（*jamah* 為「衣服」的波斯語）、**pa**jamas 睡衣褲、**pawn** 西洋棋的士兵（士兵用腳移動）、**ped**al 踏板；騎腳踏車、**ped**estrian 行人、**ped**igree 族譜；家譜（*gree* 為「鶴」之意，族譜的延伸線條有如鶴的腳一般）、**ped**ometer 計步器（*-meter* 為「測量的儀器」的字尾）、**pes**simism 悲觀；悲觀主義（因腳位於人類最「底部」，衍生出「最糟糕的」之意）、**pes**simistic 悲觀的（*-ic* 為形容詞字尾）、**pion**eer 先驅；拓荒者（**pion**eer 是從 **pawn** 來的，原指「步兵」，「先驅」為衍生意）、platy**pus** 鴨嘴獸（*plat* 為「平、寬」的

129

字根，鴨嘴獸有扁平的腳）、**pod**ium 領獎臺；演講臺（腳站的地方）、tra**pez**ium 梯形（*tra-* 為「四」的字首，原指「桌子」，英式用法）、tra**pez**oid 梯形（*-oid* 為「像……」的字尾）、tri**pod** 三腳架（*tri-* 為「三」的字首）

have [hæv]

vt. 擁有；有

轉：h → k／a → a／v → p

態：**have**, **had**, **had**

同：own (v.) 擁有、obtain (v.) 得到；獲得

反：lack (v.) 缺少

配：**have** a cold 感冒，**have** breakfast/lunch 吃早／午餐

延伸

*kap- = 抓（grasp）；拿（take）；有（**have**, own）：

ac**cept** 接受；同意（*ac-* 為「to」的字首）、anti**cip**ate 預期；預料（*anti-* 為「之前；先前」的字首）、anti**cip**ation 盼望；盼望（*-ation* 為名詞字尾）、be**have** 表現；聽話（*be-* 為「加強語氣」的字首）、**cab**le 電纜（用來緊抓兩端）、**cap**able 有能力的（*-able* 為形容詞字尾，表能力）、**cap**acity 容量（能夠容納多少空間）；辦事能力；職位、**cap**acious 容量大的；空間大的（*-ous* 為形容詞字尾）、**capt**ion 標題（抓住你目光的文字）；圖片解說；字幕、**capt**ivate 使著迷；吸引（抓住他人目光）、**capt**ive 俘虜（被抓住的人）、**capt**ivity 囚禁（抓去關）、**capt**ure 奪取；俘獲、**case** 盒子；箱子（能夠容納東西的空間）、**catch** 抓住；逮到、**chase** 追捕（為了抓人）；追求、con**ceiv**e 想像；構想；懷孕（*con-* 為「加強語氣」的字首，將想法拿到心裡思考）、con**cept** 概念；原則；想法、con**cept**ion 見解；受孕、**cop** 警察；逮捕、de**ceiv**e 欺騙（*de-* 為貶抑字首，片語 take in 即「欺騙」的意思）、de**ceit** 欺騙、de**cept**ion 隱瞞事實、de**cept**ive 騙人的；錯覺

的、dis**cip**le 學徒；門徒（*dis-* 為「離開」的字首，將所學拿走的人）、eman**cip**ate 釋放（*e-* 為「離開」的字首，man 為「手」的字根，將手抓的東西放開）、ex**cept** 除了……之外（*ex-* 為「外面」的字首）、**haven** 港口；安全的地方（港口為抓住船的地方）、**heave** 拉；推；扛；挪、**heav**y 重的；劇烈的；厚重的、inter**cept** 攔截（*inter-* 為「……之間」的字首）、oc**cup**y 占用；忙於；占領（*oc-* 為「over」的字首，即 take over）、parti**cip**ate 參加；參與（即 take part in）、per**ceiv**e 認為；看待（*per-* 為「完全地」的字首，將人抓到心裡來理解）、prin**ce** 王子；國君（*prin* 為「第一個」，同 prime，即第一個拿到權力的人）、prin**cip**al 最重要的；校長（可用 princely 和 high-ranking 記憶，即高階層的）、prin**cip**le 原則；準則（為 prin**cip**al 的衍生意）、pur**chase** 購買（*pur-* 為「加強語氣；往前」的字首）、re**ceiv**e 得到；接收；接待（*re-* 為「回；往後」的字首）、re**cip**e 食譜（原指處方簽，「食譜」為衍生意）、re**cover** 完全恢復健康（*re-* 為「回」的字首，將健康取回）、re**cuper**ate 康復（為 re**ceiv**e 的衍生字）

close [klos]

vi. **vt.** 關；關閉

vi. 打烊

轉：c → k ／ l → l ／ o → au

態：**close**, **close**d, **close**d

同：shut (v.) 關上

反：open (v.) 開啟

配：**close** your eyes to sth. 不理會某事，**close** (sth.) down 停業；停止運作

延伸

klau- = 鉤（hook）；鉤狀物（crook）；關上（**close**）：**claus**e 條款（拉丁文的 **claus**ula 為「結束；最後」之意，也就是在閱讀所有條款後，要在最後簽名）、**claus**trophobia 幽閉恐懼症（-phobia 為「恐懼」的字尾，害怕被關起來）、**clois**ter 迴廊（法文的 **clois**tre 為「圍起來或關起來的地方」之意，迴廊通常為正方形的封閉區域）、**clos**et 壁櫥；儲藏室（將衣服或雜物關上的地方）、**clos**ure 停業；倒閉（關門不做生意）、con**clud**e 以⋯⋯做結論；做出結論（con- 為「一起」的字首）、con**clus**ion 結局；結論（con- 為「一起」的字首）、dis**close** 公開；揭露（dis- 為「⋯⋯的相反」的字首）、dis**clos**ure 被公布的事實；曝光（-ure 為名詞字尾）、en**close** 圍住；包住；隨信附上（en- 為「裡面」的字首）、en**clos**ure 圍起來的區域；附件（-ure 為名詞字尾）、ex**clud**e 將⋯⋯排除在外（ex- 為「外面」的字首，關在外面）、ex**clus**ive 專有的；獨家的；獨家新聞、ex**clus**ively 僅限；僅有（-ly 為副詞字尾）、in**clud**e 包括；包含（in- 為「裡面」的字首，關在裡面）、in**clud**ing 包括⋯⋯、oc**clud**e 阻塞（oc- 為「前」的字首）、pre**clud**e 禁止；妨礙（pre- 為「先前」的字首）、re**clus**e 隱居者（re- 為「加強語氣」的字首，把自己關起來的人）、se**clud**e 使⋯⋯隔離；將⋯⋯封閉起來（se- 為「分開；分離」的字首）

heart [hɑrt]

n. [C] 心臟

n. [C or U] 內心

延伸

轉：h → k ／ ea → e ／ r → r ／ t → d

配：from the **heart** 真誠地，
heart disease 心臟病，
kind-**heart**ed 心腸好的

kerd- = 心臟；內心（**heart**）：

hearty 熱情的、**heart**felt 由衷的（felt 為 feel 的過去式）、
cardiogram 心電圖（*-gram* 為「被記錄下來的」的字尾）、
cardiograph 心電圖儀（*-graph* 為「用來記錄的儀器」的字尾）、
cardiology 心臟病學（*-logy* 為「學說」的字尾）、**card**iologist 心臟
病專家（*-ist* 為「人」的字尾）、**card**iovascular 心血管的（vascular
為「血管的」的單字，和 vessel 一起記憶）、**card**iac 心臟的；心
臟病的、ac**cord** 協議；意見一致（*ac-* 為「to」的字首，意見一致
代表大家心連心）、in ac**cord**ance with sth. 按照……；依照……、
ac**cord**ing to 根據……、ac**cord**ingly 相應的；然而、con**cord** 和睦；
協調（*con-* 為「一起」的字首，大家的心一致）、con**cord**ant 一致的、
dis**cord** 看法不一致（*dis-* 為「離開」的字首）、dis**cord**ant 聲音不
和諧的、re**cord** 記錄（*re-* 為「恢復」的字首，放到心裡記下來）；
錄音；錄影、re**cord**er 錄音機；豎笛、**cord**ial 誠摯的；友好的（和
heartfelt 一起背，由衷的）、**core** 核心；關鍵、**cour**age 膽量；勇
氣（原指人的「性格」，「勇氣」為其衍生意）、**cour**ageous 勇敢
的、dis**cour**age 使心灰意冷（*dis-* 為「離開」的字首，把勇氣拿走）、
dis**cour**agement 心灰意冷（*-ment* 為名詞字尾）、en**cour**age 激勵；
鼓勵（*en-* 為「使……；放進」）、en**cour**agement 激發；鼓勵（*-ment*
為名詞字尾）、**creed** 信條（**cred**o 為「我相信」的拉丁文）、
credo 信條（在你內心的信念）、**cred**ible 可信的；可靠的（相信某
人就是把某人放在心裡）、in**cred**ible 難以置信的（The In**cred**ible

Hulk 無敵浩克）、**cred**ence 相信（**cred**o 的衍生字）、**cred**it card 信用卡、**cred**ulous 輕信的；易上當的、**cred**ulity 輕信、**cred**entials 資歷；資質證明、**grant** 允許（相信某人才會允許）；承認；補助金

---

bear [bɛr]

vt. 承受；帶有；生小孩；結果實

轉：b → bh／ea → e／r → r

態：**bear**, **bore**, **born**

同：endure (v.) 忍受、carry (v.) 攜帶、produce (v.) 生產

配：grin and **bear** it 欣然接受它

延伸

*bher- (1) = 攜帶；扛（carry）；承受；生育（**bear**）

（*bher- (2) 為「明亮的；棕色的」之意，名詞解釋為熊的 bear 為其延伸單字）

bring 帶來；拿來、up**br**inging 教養；養育（up 為「向上」的單字）、**bur**den 負擔；負荷（扛著東西）、**bur**densome 繁重的、con**fer** 商量；協商（con- 為「一起」的字首，把大家帶來商量）、con**fer**ence 會議；大會（商量與協商的地方）、circum**fer**ence 周長；圓周（circum- 為「圍繞」的字首）、dif**fer** 有區別；相差（dif- 為「離開」的字首，帶到不同地方而有所區別）、dif**fer**ence 區別；差別、dif**fer**ent 有差異的；不同的、dif**fer**entiate 區別；辨別、indif**fer**ent 漠不關心的（原指「不偏袒的」，「漠不關心」為衍生意）；一般般（也為衍生意）、indif**fer**ence 冷淡；不感興趣、de**fer** 延緩；延遲；委派；因尊敬而順從（de- 為「離開」的字首）、of**fer** 給予；提供（of- 為「to」的字首，帶東西給人）、of**fer**ing 供品；禮物、suf**fer** 遭受；受苦（suf- 為「下面」的字首）、suf**fer**ing 苦難、re**fer** 提到；涉及（re- 為「往後」的字首，即 carry back）、re**fer**ence 論及；參考、re**fer**endum 公投、pre**fer** 更喜歡……（pre- 為「前面」，把你喜歡的東西帶到面前）、

Part
1
如何和英文拉近距離

Part
2
英文單字三大記憶法

Part
3
英文學習工具介紹

Part
4
番外篇

pre**fer**ence 偏好；喜好、trans**fer** 轉移；搬；調動（*trans-* 為「越過；超過」的字首，帶到其他地方）、in**fer** 推斷；推論（*in-* 為「裡面」的字首，將想法帶入並做出結論）、proli**fer**ate 激增（*proli* 為 prolific，多產的；繁殖能力強的）、voci**fer**ous 大聲叫喊的（*voc* 為「説話；發聲」的字根，可用 voice 記憶）、eu**phor**ia 亢奮；狂喜（*eu-* 為「好的」的字首，可用「優」來諧音記憶 *eu-*）、cum**ber**some 笨重的；沒效率的（*cum* 為字首 com-，cum**ber** 為「堆放；妨礙」之意）、**bir**th 出生；起源、**bir**thright 與生俱來的權利（right 為「權利」的單字）、**fer**tile 能生育的；肥沃的、**fer**tility 繁殖能力；肥沃度、**fer**tilize 使……受精；施肥、**fer**tilizer 肥料、in**fer**tile 無法受孕的；土地貧瘠的、in**fer**tility clinic 不孕症診所、**Fer**tile Crescent 新月沃土；肥沃月彎（crescent 為「新月」的單字）

---

faith [feθ]

n. [U] 信任；信心

轉：f → *bh* ／ ai → *ei* ／ th → *dh*

同：trust (n.) 信任

反：disbelief (n.) 不信任；懷疑

配：have **faith** 有信心，
blind **faith** 盲目的信仰

延伸

bheidh- = 相信（trust）；傾訴（con**fid**e）；勸説（persuade）：**bid**e one's time 靜候時機（古英文有「待；信賴」之意，深信不疑地等）、a**bid**e 容忍；居住（*a-* 為「往上」的字首，原意為「等待；等候」，「容忍；居住」為衍生意）、a**bid**e by 遵守；服從、a**bid**ing memory 長久的記憶（可用 enduring 一起記憶）、a**bod**e 住所、af**fid**avit 書面證詞（*af-* 為「to」的字首，發誓會説實話後寫的文件）、bona **fid**e 真實的（*bona* 為「good」的拉丁文，與字首 *bene-* 一樣）、**fed**erate 結成聯邦（在彼此信任下結合）、**fed**eration 聯邦、**fed**eral 聯邦政府的；聯邦的、**fed**eral holiday 全國性假日、**fed**eralism 聯邦主義、

confederation 同盟（con- 為「一起」的字首）、confide 吐露；傾訴（con- 為「加強語氣」的字首，向你相信的人傾訴）、confidant 知己；知心朋友（傾訴的對象）、confident 有信心的；有自信的（con- 為「加強語氣」的字首）、confidence 信心；自信、self-confident 信心十足的（self- 為「自己」的字首）、confidential 機密的（-al 為形容詞字尾）、confidentiality 保密；機密性（-ity 為名詞字尾）、diffident 沒自信的；羞怯的（dif- 為「離開」的字首）、defy 作對；對抗（de- 為「離開」的字首）、defiant 挑釁的；態度強硬的、defiance 違反；對抗、fidelity 忠誠；忠貞（才能讓另一半相信你）、hi-fi 高保真音響（high fidelity）、infidelity 不忠；不貞（in- 為「不；……的相反」的字首）、infidel 異教徒（in- 為「不；……的相反」的字首）、perfidy 背信棄義；不忠貞（per- 為「透過……」的字首，透過別人對你的信任來欺騙）、perfidious 背信棄義的；不忠貞的、fiancé 未婚夫、fiancée 未婚妻（訂婚需要建立在兩人的信任基礎上，這兩個字從法文借來，反而現在比較不常用本土的單字 betrothed）

tug [tʌg]

vi. vt. 拉;拖

Part
1
如何和英文拉近距離

Part
2
英文單字三大記憶法

Part
3
英文學習工具介紹

Part
4
番外篇

轉:t → d ╱ u → eu ╱ g → k

態:**tug**, **tug**ged, **tug**ged

同:**tow** (v.) 拖車;牽引、
drag (v.) 拖;拉

配:**tug** at sb's heart/heartstrings
讓人同情某人事物

延伸

(**tug** 和 **tow** 都和 lead 有相近意思)

deuk- = 領導;引導(lead):

tow 牽引;拖車;拖船、**tow** truck 拖車、**tie** 打結;捆;繫;綁(要綁緊才能拖拉)、un**tie** 解開;鬆開(*un-* 為「⋯⋯的相反」的字首)、**duke** 公爵;君主(君主有權利領導人民)、**duch**ess 女公爵、**dock** 碼頭(將船拖到碼頭放)、**tea**m 一組;一隊(原指一對使役用的動物,「組;隊」為衍生意)、**tea**mmate 隊友、**tea**mwork 團隊合作、**duct** 導管;管道(用來引導氣體或液體)、ab**duct** 綁架;劫持(*ab-* 為「離開」的字首,將人拖離)、ab**duct**ion 綁架案、ab**duct**or 綁匪;劫持者、ab**duct**ee 遭綁架的人、con**duct** 引導;指揮;行為舉止(*con-* 為「一起」的字首,「行為舉止」為衍生意)、miscon**duct** 不當行為(*mis-* 為「錯誤的;壞的」的字首)、con**duct**or 列車長;指揮;導體、semicon**duct**or 半導體(Taiwan Semicon**duct**or Manufacturing Company 台積電為全球最大的半導體製造廠)、de**duc**e 推論;推斷(*de-* 為「往下」的字首,一層一層往下導出結論)、de**duct** 剪去;扣除(*de-* 為「往下」的字首,分數往下扣除)、de**duct**ion 推斷;扣除、e**duc**ate 教育;培養(*e-* 為「外面」的字首,將學生的潛能與興趣引導出來)、e**duc**ated 受過教育且有知識的、e**duc**ator 教師、e**duc**ation 教育、e**duc**ational 教育的、well-e**duc**ated 受過良好教育的;有教養的、coe**duc**ation 男女同校制(*co-* 為「一起」的字首,

男女生一起讀書）、coed 男女同校的（coeducational 的縮寫）、induce 誘使；說服；導致（in- 為「裡面」的字首，靠說服來引導他人做事）、inducement 誘惑（-ment 為名詞字尾）、introduce 介紹；推行；推出（intro- 為「向內」的字首，推出新產品時，把大家引導近來介紹一番）、introduction 採用；推行；介紹、introductory 首次的；開場的、produce 生產；製造；生育；農產品（pro- 為「往前」的字首，往前導出更多產品）、product 產品、productive 多產的；有成效的、productivity 生產效率（-ity 為名詞字尾）、production 製造；生產、postproduction 後期製作；後製（post- 為「後面」的字首）、counterproductive 適得其反的（counter- 為「相反」的字首）、reproduce 繁殖；複製；重現（re- 為「在一次」的字首）、reproduction 生育；複製品、reproduction furniture 復古家具、reproductive 生殖的（-ive 為形容詞字尾）、reduce 減少；降低（re- 為「往後」的字首，原指「將東西帶回」，「減少」為衍生意）、reduction 減少；降低、seduce 勾引；引誘；吸引（se- 為「離開」的字首）、seductive 誘人的；引人入勝的（-ive 為形容詞字尾）、seducer 引誘者、seduction 吸引力、oviduct 輸卵管（ovi- 為「蛋；鳥」的字首）、traduce 誹謗；強烈批評（tra 為字首 trans-，「穿過；通過」，拉丁文 traducere 為「輕視；羞辱」之意，抽象涵義為「將人遊街示眾般對待，使其讓大家嘲笑」，這個拉丁文單字使用於 1530年代，到了 1580 年代 traduce 才有「誹謗；強烈批評」之意）

gene [dʒin]

n. [C] 基因

轉：g → g／e → e／n → n／e → e

配：defective **gene** 基因缺陷，

have the same **gene**s

擁有相同基因

延伸

gene- = 家族（family）；部落（tribe）；出生（give birth, beget）：
kin 家屬；親屬；a**kin** 類似的；類似的（*a-* 為「之上」的字首，與家屬、血統有關）、**kind** 種類、human**kind** 人類、man**kind** 人類、**king** 國王（人類的領導）、**king**dom 王國（*-dom* 為名詞字尾）、**kind**ergarten 幼稚園（**Kind**er 為「小孩」的德文，Garten 為「園地」的德文）、**germ** 細菌（疾病的根源）、**germ** of sth. 某事物的開端、**gen**etic 基因的、**gen**etics 遺傳學、hydro**gen** 氫氣（*hydro-* 為「水」的字首，氫氣接觸到氧氣會產生水）、oxy**gen** 氧氣（*oxy-* 為「酸」的字首，以前的人認為要產酸需要氧氣，但這個概念現已不存在）、nitro**gen** 氮氣（*nitro-* 為「硝酸；硝酸鹽」的字首，科學用的字首，沒有背的必要）、**gen**der 性別（出生前就決定是男是女）、**gen**tle 輕柔的；文靜的（天生就有的特質）、**gen**tleman 先生；君子（man 為「男生」的單字）、**gen**re 風格；體裁；類型（由法文 **gen**re 借字）、**gen**ius 天才；天賦（天賦異稟）、**gen**esis 起源；開始、**Gen**esis 創世紀（《希伯來聖經》的首卷）、**gen**erate 產生；引起、**gen**eration 世代；一輩；同代人、**gen**eral 全體的；普遍的；一般的；將軍、**gen**eral-purpose 通用的、**gen**eralize 概括；一言以蔽之、**gen**erally 大體上；一般來說、**gen**erator 發電機、de**gen**erate 衰退；下降（*de-* 為「離開」的字首）、de**gen**eration 惡化；腐敗、**gen**erous 慷慨的（天生就有的特質）；大方的、**gen**erosity 大方；慷慨、**gen**uine 真正的；真誠的（天生的、天然的，非人為改造）、**gen**ial 和藹的；友好的、**gen**itals 外生殖器、con**gen**ial 宜人的；友好的（*con-* 為「一起」

的字首，情投意合之意）、con**gen**ital 先天上的；生性……、en**gin**e 引擎；推動力（*en-* 為「裡面」的字首）、en**gin**eer 工程師；技工、en**gin**eering 工程學；工程設計、in**gen**ious 巧妙的；靈巧的（*in-* 為「裡面」的字首，原指「聰明的」，到 1540 年代才有「靈巧的」之意）、in**gen**uity 獨創力；巧思、in**gen**uous 天真的；胸無城府的（原指「直率的」，「天真的」為衍生意）、indi**gen**ous 土生土長的（*indi* 為字首 *endo-*，「內部的；裡面」）、beni**gn** 良性的；慈祥的（*beni* 為字首 *bene-*，「好的」）、mali**gn**ant 惡性的；有惡意的（*mal-* 為「壞的」的字首）、pre**gn**ant 懷孕的（*pre-* 為「之前」的字首，生前的狀態）；意味重大的、pre**gn**ancy 懷孕、pre**gn**ancy test 驗孕、**nat**ion 國家；民族（上古拉丁文 **gn**asci 為「誕生」之意，當代拉丁文的拼寫少了 g，即 **n**asci）、**nat**ional 國家的；公民（*-al* 為形容詞、名詞字尾）、**nat**ional anthem 國歌、**nat**ionality 國籍、inter**nat**ional 國際的（*inter-* 為「……之間」的字首）、multi**nat**ional 跨國的；跨國公司（*multi-* 為「多；許多」的字首）、**nat**ive 土生土長的、**na**ïve 天真的、**nat**ure 大自然、**nat**ural 天然的；天生的；自然的、in**nat**e 天生的（*in-* 為「裡面」的字首）、re**nais**sance 復興（*re-* 為「再一次」的字首）、the Re**nais**sance 文藝復興、Re**nais**sance man 多才多藝的人；通才（因為文藝復興時期出現了不少藝術或科學方面的專家，所以才有這個詞彙的誕生，但此詞彙的用法不僅限於文藝復興所產生的通才）

Part
1
如何和英文拉近距離

Part
2
英文單字三天記憶法

Part
3
英文學習工具介紹

Part
4
番外篇

|3| 格林法則結論

轉音不能亂轉

舉個例子：

"schizophrenia"（精神分裂症）這個字有些長，但我覺得很好背，schizo- 為「切、分裂」的字首、phren 為「新、心智」的意思，schizo- 是從 *skei- 來的，*skei- 的意思和 schizo- 的意思一樣，這個印歐語字根可以用 shed 來記憶，因為同源且意思差不多；至於 phren 就是從 phreno- 這個字首來的，其意思和 phren 的意思一樣。為什麼要說到這個字呢？因為我在背 phreno- 這個字首的時候是用 brain 來背，頭腦（brain）跟心智（phreno-）的意思差不多，而且我覺得可以轉音。

沒錯，**我覺得可以轉音**，相信看過這麼多轉音例子的你，會很直覺的想到 b 跟 ph 可以轉音；中間的母音互轉，這樣轉完就可以輕鬆背下 phreno- 這個字首了。我把我的方式跟其他同學分享，大家也都認為確實單字變得很好背了。

但是，其實 brain 和 phreno- 這兩個不能互相轉音，就只因為一個原因：**兩字不同源**。沒錯，**只要兩個字不同源，就不能轉音**。

到 Online Etymology Dictionary 查 brain，可以看到它是從印歐語的 *mregh-m(n)o- 來的（也有可能是從 *bhragno- 來的），這

個印歐語的意思是「頭顱、腦袋」。那麼，*phreno-* 這個字首是從哪裡來的呢？

phreno- 是從印歐語的 **bhren-* 來的，雖然 **bhren-* 跟 **bhragno-* 長得有點像，但是這兩個印歐語詞根並沒有關係，既然沒有關係，就不能轉音。

總結來說，**如果任兩個單字的詞源（etymon）不同，就不能轉音。**

其實，話雖這樣說，但若之後遇到不同源的兩個字，你發現轉音過後比較好記的話，還是可以用轉音的方式記，畢竟這樣記對你來說是最好的，不過要記得這兩個字不同源，因為如果不同源但又轉音的話，會不太尊重這些單字的真實歷史。

學格林法則的好處

1. 一次背多個單字

學字根首尾的好處也是一次可以背多個單字，但是兩者有些微的差距。字根首尾的好處是可以**以字根首尾來分類單字**，可以把所有具有相同字根首尾的單字背起來；而格林法則的好處是可以**以字源來做分類**，如果可以的話就用原始印歐語詞根來做分類，因為只要是由印歐語延伸出來的單字，這些單字都會有共同的核心語意。

就像是 *reudh-* 這個印歐語詞根,「紅色」的意思,延伸出來的單字有很多(有些單字沒有背的必要),例如:corroborate、erythema、red、robust、ruby、ruddy、rubicund,而且延伸出來的單字**都跟「紅色」有關**。

2. 享受學習單字歷史的樂趣

上面所提到的 robust 一字,這個字跟「紅色」有什麼關係?解釋 robust 之前,讓我先解釋 corroborate 這個字。

corroborate 是「證實」的意思,英文定義是:to add proof to an account, statement, idea, etc. with new information。它可以拆解成:*cor-*(徹底地)／*robor*(加強、力量)／*-ate*(動詞字尾),中間的 *robor* 就是 robust 的意思,字面上的意思就是**「徹底加強……」**,也就是說,如果你要「證實」某個理論的話,你就必須**加上證據來「加強、鞏固」此理論**。

那 robust 呢?到 Online Etymology Dictionary 一查就知道為什麼這個字會跟「紅色」有關了。拉丁文的 *robustus* 是「強壯的、堅硬的、堅固的」的意思,也就是「跟橡木一樣堅固的」或是「用橡木製成的」,之所以會跟橡木有關是因為這句話:named for its reddish heartwood。所以說,robust 跟「紅色」有什麼關係呢?就是因為**橡木很硬**,剛好,看到**紅色心材的橡木**,所以就用有關「紅色」的字來造出 robust 這個字。

閱讀這種單字的歷史很有趣，不只可以了解該單字的歷史，還可以牢記該單字，而且有邏輯可言，可以在背單字的當下增加不少樂趣。

3. 用簡單字記困難字

雖然這點已經強調了很多次，但仍有必要補充說明。

舉個例子：

-cide 這個字尾是「殺、切」的意思，我是用 cut 這個單字來背這個字尾的，雖然 cut 跟 -cide 不同源，但我覺得善用轉音的方式，搭配上簡單字記這個字尾，非常方便且容易。

用這個字尾可以來延伸很多很難的單字：avicide（滅鳥劑）、biocide（生物滅除劑）、felicide（殺貓的人）、feticide（殺胎兒）、filicide（殺兒女）、fungicide（殺真菌劑）、**genocide**（種族滅絕）、germicide（殺細菌劑）、herbicide（除草劑）、infanticide（殺嬰兒）、**insecticide**（殺蟲劑）、liberticide（破壞自由）、**pesticide**（農藥）、spermicide（殺精劑）。

以上這些單字裡，粗體的單字是較常見的，其它的單字就鮮少見到。之所以列出這麼多較難的單字，是為了要證明，可以用一個這麼簡單的單字（cut），來記憶這麼多困難的單字，可見使用「轉音」就可以幫助你學到很多單字。

總而言之，英文是個非常奇怪的語言，有大約四分之三的單字都是跟其他語言借字，以致於現在有很多單字都很難背，不是單字太長，就是拼字或拼音上不符合我們所認知的英文發音或拼字規律。但也**就是因為大部分的英文單字都是外來借字，所以只要靠著字根首尾和格林法則，就可以解決大部分的單字了。**

　　那麼其餘四分之一的單字該怎麼辦呢？交給我吧，我還有一招，就是「語音表意」，不囉唆，趕快跟著我一起進入下一個單元吧！

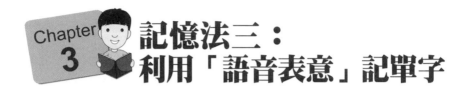

Chapter 3 記憶法三： 利用「語音表意」記單字

|1| 語音表意的基本介紹

中英文的差別

　　中文，又稱漢語，為世界使用人數最多的語言；世界約有五分之一的人口作為母語，作為官方語言的國家有中國、臺灣、新加坡。中文的發展歷史要追溯到先秦時代，其核心即上古漢語，另外兩個較明顯的中文發展階段是唐宋的中古漢語以及明末清初的近代漢語。中文的文字構成類型是非常獨特的六書。

　　英文，又稱英語，屬於西日耳曼語系（West Germanic language），西日耳曼語系最主要的三個語言包括：英文、德文、荷蘭文。英文與其他印歐語系的語言相比，英文失去了陰陽性的變化，不像是法文及西班牙文等；另外，英文的語序（word order）為 SVO（Subject-Verb-Object），也就是主詞—動詞—受詞。

　　中文是屬於表意文字的一種；英文是屬於拼音文字的一種，這兩者的差別是什麼呢？以中文來說，光看字的型態可以大概知道其意思，或是了解該詞彙與什麼有關。以「三」這個字來說明，看到有三條線可以知道是數字「3」的意思，以「煮」這個字來說明，看到下方有「火」可以知道「煮」與「火」息息相關；其中，「三」

為指事字，「煮」為形聲字。雖然說**可以判斷該詞彙的意思，但光看字的型態沒辦法知道該詞彙如何發音。**

另一方面，因為英文屬於拼音文字的一種，讀者若學會基本的自然發音或發音規則，看到單字後可以大概知道如何發音。以「stub」這個單字來說，英文學習者**可以大概按照單字的拼字來發音**，但該**單字的意思無從得知。**

儘管如此，有語言學家提出不同的見解，認為聽到單字的發音，有可能直覺聯想到其意思，這就是本章節要介紹的「語音表意」。

有關語音表意的實驗

在介紹語音表意（Sound Symbolism）之前，讓我先跟你分享一項語音表意的相關實驗：

想像你現在在一艘太空船上，你正飛往一個星球，星球上唯有兩個種族，一個種族長得不錯，而且對人類很友善；另一個種族長得醜陋，對人類很惡劣。假設你知道這兩個種族的名稱，一個是 Lamonians，另一個是 Grataks，現在請你就直覺和聽音分辨：哪個種族叫做 Lamonians，哪個種族叫做 Grataks ？

大部分的人會說比較友善的那個種族叫做 Lamonians，另外一個則是 Grataks。這項實驗跟語音表意息息相關，當我們在唸

Lamonians 這個字時，會遇到三個聽起來較柔和的音，分別是 L、m、n，也因為中間的 o 為長母音、ia 為雙母音，所以這個字給人的感覺「比較好」。另一方面，Grataks 包含了三個聽起來較費力的音，分別是 G、r、k，又因為兩個母音都屬於短母音，節奏又很快速的關係，所以這個字給人的感覺「比較差」。

擬聲字

「汪！」

「喵～」

聽到這兩個音，不難想到是狗和貓的叫聲。關於這種擬聲字（onomatopoeia）在大部分的語言裡都會有，這種字是直接依照最原始的聲音做模仿，再自行創造一個字來讓這個字聽起來接近該聲音。

其實擬聲字也可以算是語音表意的一種，而擬聲字不僅限於動物的叫聲，任何聲音都可以做模擬，像是車禍會聽到的「crash」、火車過站會聽到的「whoosh」、別人打噴嚏會聽到的「achoo」等。

聽起來好滑好亮？

請看看以下這幾個單字：

gleam（閃爍）　　　　　　glisten（閃亮）

glare（強光）　　　　　　glacier（冰河）

glow（發光）　　　　　　glide（滑行）

glimmer（微弱的光）　　　glory（光榮）

glitter（閃耀）　　　　　glib（油嘴滑舌的）

有發現這些單字的共通點嗎？每個單字不是和「光」有關，就是和「滑」有關。由 *gl* 開頭的字傳達了一種概念：**光澤**和**明亮**，對我來說，*gl* 這個音聽起來確實有點「滑滑的」，再延伸想像的話，比起粗糙的表面，**平滑**的表面容易**反光**，這就是為什麼 *gl* 也跟光有關。

至於為什麼 *gl* 對我來說聽起來有點滑滑的呢？我覺得是因為臺語的關係。「滑」這個字在台語的讀音是「ku̍t」，如果是用 KK 音標表示的話，我會以 [gʊ] 來表示，發音的時候為輕聲，再來，臺語還有一個詞彙是「滑溜溜」，讀音為「ku̍t-liu-liu」，我以 [gʊ lɪu lɪu] 來表示。所以說，*gl* 的 g 像是臺語的「滑」；l 像是臺語的「溜」。

再往下看：

glance（瞥一眼）　　　　　glimpse（瞥見）

glare（怒視）　　　　　　　glower（咄咄逼人地盯著）

這四個單字都跟「看」有關，那這四個字要怎麼解釋呢？

因為有「光」的關係，所以眼睛才「看」得到，沒有光的反射，眼睛是沒辦法看到東西的。

現在問題又來了，那要如何解釋 glee（興高采烈）、glad（高興）這兩個字？

那是因為發 *gl* 的音時較輕鬆，給人一種「輕鬆、愉快」的感覺。

圓圓的突起物

有些單字的結尾會有 *ump*，比如說 bump、lump、rump、hump、mumps、plump 等，這些單字有什麼共同點呢？

bump 是受傷後產生的一「包」；

lump 是沒有固定形狀的一「塊」東西；

rump 是動物或是人類的「臀」部；

hump 是路面的「凸起物」或是「駝峰」，speed humps 即減速丘，減速丘也可叫做 road humps 或是 undulations；

mumps 為一個醫學名稱，「流行性腮腺炎」，也就是臉或是脖子「腫」大；

plump 當形容詞為「飽滿的；發福的」。

結尾為 *ump* 的單字都給人一種**「圓圓的、突出的」**的感覺，像是一首童謠 Humpty-Dumpty，裡面的角色也是圓圓的像一顆蛋。

發音嘴型的大小

有項針對一群幼稚園小朋友做的實驗：

實驗者給小朋友三張圖片，每張圖片都有一個人，第一張圖片裡的人長得高又瘦，第二張圖片裡的人擁有中等身材，第三張圖片裡的人長得矮又胖；實驗者也給了受試者三張字卡，分別是 Mr. Pimple、Mr. Pumple、Mr. Pample，要受試者分辨哪張字卡對應到哪張圖片。整項實驗的線索只有圖片裡的人和三張字卡的發音而已，如果是你，你會如何對應呢？

實驗的結果出爐，大部分的小朋友都説：Mr. Pimple 長得高又瘦、Mr. Pumple 擁有中等身材、Mr. Pample 長的矮又胖。只要唸過這三個單字就會發現，嘴型的變化由大到小分別是：Pample、Pumple、Pimple，嘴型大小的不同，給人的感覺也不一樣。

語音表意

　　一開始我介紹了中英文的差異，是為了要讓你知道：中文和英文的文字特性相當不同；中文的形和意息息相關，反觀英文則是音與意較有關連，兩者的語言特性不同，學習中英文的模式也就大不相同。學習中文時我們可以**看字的形態來判斷其涵義**，在學習英文時，我們可以將**「看字的形態」改成「聽字的聲音」**，如此一來，我們能夠**從單字的聲音來判斷其涵義**。

|2| **語音表意的單字舉例與說明**

這個單元要講解的單字是以字母來排序列，其中，字母「q」與「u」放在一起介紹，發 [kw] 音；此外，沒有介紹字母「x」，因為沒有語音表意的特性。

vast [væst]
adj. 巨大的

字母 a 發 [ɑ] 和 [æ] 時，嘴巴張大，**因此有「大」的意思。**

例字學更多

macro 巨大的、mass 大量的；大規模的、major 重大的；主要的、mammoth 長毛象（m 有「覆蓋」之意，長毛象被鬃毛所覆蓋）、grand 宏偉的；大的、gigantic 龐大的、gargantuan 巨大的、sack 大布袋；大麻袋（k 有「裝東西的空間」之意）、carton 硬紙盒（c 有「裝東西的空間」之意）、tank 坦克；容器（k 有「裝東西的空間」之意）、ample 充足的；豐滿的（大量且充足）

發 [ɑ] 時，下顎往**下**降到**低處**，**因此有「低；下」的意思。**

例字學更多

embarrass 使尷尬（頭低下的感覺）、bass 低音；男低音、base 底座；底部（底座在下方）、basement 地下室、basin 盆地；水盆（中間低下）、swamp 沼澤（踩到會陷下去）、abyss 深淵；困境

barricade [ˋbærəˌked]

n. [C] 障礙物；路障

vt. 擋住；堵住

字母 b 發 [b] 時，會先以雙唇**堵住**氣流，再打開雙唇，**因此有「阻擋」的意思。**

例字學更多

bar 阻擋；禁止、**b**an 禁止（n 有「否定；不」之意）、**b**alk 阻礙、**b**arrier 屏障；障礙

發 [b] 時，受到阻礙，**引申出「束縛；綑綁」的意思。**

例字學更多

bind 綑綁；包紮、**b**and 細繩；細帶、**b**ondage 奴隸、**b**andage 繃帶、**b**uckle 扣環（c 和 k 的音如扣環扣起來的聲音）、**b**elt 腰帶（t 有「拉緊」之意）、**b**unch 一串；一束

cough [kɔf]

n. [C] 咳嗽

vi. 咳嗽

字母 c 發 [k] 時，是由喉嚨發聲，**因此有「由喉嚨發聲的動作」的意思。**

例字學更多

call 呼叫、**c**ry 叫；喊（r 有「費力」之意、**c**ry 即用力叫）、**c**urse 咒罵、**c**huckle 輕聲笑、**c**ackle 咯咯叫、**c**oo 鴿子咕咕叫、**c**aw 鳥類呱呱的叫聲

發 [k] 時，聽起來像是**割**或**剪**東西的聲音，**因此有「切割；剪開」的意思。**

例字學更多

cut 剪；切、**c**arve 雕刻；切成小塊（r 有「費力」之意）、**c**lip 剪輯；修剪；小片段（i 有「小」之意）、s**c**issors 剪刀、**c**leave 劈開、**c**omma 逗點（逗點用來分開句子）

發 [k] 時，類似在吐痰前**積**痰的動作，**因此有「累積；團聚」的意思。**

例字學更多

cumulus 積雲、**c**umulate 收集；聚集、a**cc**umulate 累積、**c**orporate 團體的；公司的、in**c**orporate 團結；包含；形成、**c**urd 凝凍、**c**oncrete 混泥土；具體的、**c**ooperate 合作、**c**ollaborate 合作、**c**luster 一群、**c**oup 政變（一群人團聚一起推翻政府）

deter [dɪ`tɝ]

vt. 阻止；阻撓

字母 d 發 [d] 時，舌尖向上頂，**阻擋氣流，因此有「阻擋」的意思。**

例字學更多

decline 拒絕；減少（阻擋邀請）、**d**issua**d**e 勸阻、**d**eny 拒絕；否定；否認、**d**enial 否認；否定、**d**efend 保護（阻擋攻擊）、**d**efense 保護（阻擋攻擊）、**d**isturb 打斷；干擾（阻擋持續進行的動作）、**d**oor 門（用來阻擋外人進入）、**d**aunt 使嚇到（被嚇到而無法前進，遭到阻擋）、**d**auntless 無畏的、**d**efy 反抗；違抗、hin**d**er 阻礙；妨礙、Impe**d**e 妨礙；阻礙、**d**isrupt 打斷；中斷、retar**d** 阻礙；減緩、**d**ecelerate 減速；減緩發生、han**d**Icap 阻礙；障礙、**d**elay 延遲；延誤（有事情耽擱、阻礙而延遲）

less [lɛs]

adv. 更少；更小

字母 e 發 [ɛ] 時，口腔內的空間較小，**因此有「小」的意思。**

例字學更多

isl**e** 小島、**e**lf 小精靈；小妖精、t**e**st 小考、p**e**tite 嬌小的（i 有「小」之意）、**e**bb 衰退；減少、p**e**bble 小卵石、s**e**ed 種子、f**e**w 沒幾個；少量、m**e**ager 很少的、**d**elicate 精細的（i 有「小」之意）、w**e**e 很小的、t**e**eny 極小的

feign [fen]

vt. 假裝；裝作

字母 f 發 [f] 時，聲音聽起來較**虛**，因此有「**虛假；虛構**」的意思。

例字學更多

fake 贗品；偽造的、**f**eint 做假動作、**f**abricate 虛構；捏造、**f**iddle 篡改；偽造、**f**ictitious 虛構的；虛假的、sci-**fi** 科幻（科幻為虛構的）、**f**antasy 幻想；想像、**f**alse 假的、**f**ictional 想像的；虛構的、**f**orgery 偽造罪；偽造品、**f**alsify 篡改；偽造、counter**f**eit 仿造的；假冒的、**f**orge 仿造；假冒、**f**raud 詐騙；騙子（說虛假的話）、**f**raudulent 詐欺的；詐騙的、a**ff**ect 假裝、blu**ff** 虛張聲勢、**f**anciful 空想的、**ph**ony 虛偽的

---

esophagus [iˋsɑfəgəs]

n. [C] 食道

字母 g 發 [g] 時，以**喉嚨**發聲，因此有「**喉嚨發的聲音；通道**」的意思。

例字學更多

glottal 喉嚨的、**g**uttural 喉嚨裡發出的、**g**rowl 低聲的吼叫；咆嘯、**g**runt 發出哼聲、**g**rumble 發牢騷、**g**ravelly 低沉沙啞的、**g**ruff 聲音低沉的、**g**rouch 發牢騷、**g**len 幽谷、**g**i**gg**le 咯咯地笑、**g**ut 腸道、**g**ullet 食道、**g**utter 排水溝、**g**allery 畫廊、**g**orge 峽谷、**g**ully 溪谷；排水溝、**g**ulch 溪谷、**g**ap 缺口

hit [hɪt]

vt. 打擊

字母 h 發 [h] 時，將所有氣送到口腔外，**不像發「呼」的音這麼輕鬆**，因此有「**費力的動作；力氣大的動物**」的意思。

<u>例字學更多</u>

hurry 加快動作、**h**eave 移動重物、**h**urtle 快速移動；猛衝、**h**eavy 重的、**h**ew 砍；劈、**h**ackle 亂砍；亂劈、**h**oe 用鋤頭做事、**h**url 拋；扔、**h**ard 艱難的、**h**urricane 颶風、**h**arass 騷擾、**h**aul 用力拉；用力拖、**h**ack 砍；切；劈、**h**arrow 用耙耙地、**h**itch 用繩子繫住、**h**oist 用繩子吊起、**h**ammer 用槌子敲擊、**h**oard 囤積、**h**eft 舉起；抬起、in**h**ale 吸氣；狼吞虎嚥、ex**h**ale 吐氣、**h**ost 主辦活動、**h**ike 遠足；健行、**h**armonize 使協調、**h**arvest 收割；收穫、**h**ustle 推擠、**h**arm 傷害、**h**atch 孵蛋；策畫、**h**alt 停止；中斷、**h**unt 狩獵；打獵、**h**owl 長嚎、**h**over 盤旋；翱翔、**h**oller 大聲叫喊、**h**obble 約束；限制、**h**ijack 劫持、**h**amper 阻礙；妨礙、**h**aggle 討價還價、**h**aunt 不斷困擾、**h**uff 怒氣沖沖地說、**h**arness 控制；利用、**h**ook 固定、**h**inge 上鉸鏈、**h**inder 阻礙；妨礙、**h**op 單腳跳、**h**orse 馬、**h**awk 老鷹、**h**ound 獵狗、**h**edgehog 豪豬、**h**og 豬、**h**eron 蒼鷺、**h**ippo 河馬、**h**yena 鬣狗

---

kid [kɪd]

n. [C] 小孩；小山羊

字母 i 發 [ɪ] 時，嘴形較小，**因此有「小」的意思。**

<u>例字學更多</u>

sl**i**ght 少量的；微小的、t**i**ny 微小的；極小的、m**i**ni 迷你裙；迷你汽車、pet**i**te 嬌小的、m**i**crobiology 微生物學、m**i**niature 微型的；小型的、d**i**minutive 微小的；矮小的、l**i**ttle 小的；少的、shr**i**mp 小海蝦；矮人、m**i**dget 侏儒、m**i**nuscule 微小的；極小的、del**i**cate 精細的、elf**i**n 小

巧玲瓏的、di**mini**sh 減少；減小、s**li**m 纖細的；苗條的、sh**rin**k 縮小；變小、**thin** 瘦的、**tip** 小費、**crib** 小屋；幼兒床、**minor** 較不重要的（小小的東西顯得不太重要）、**bit** 一點點；少量、**pin**ch 一小撮

joy [dʒɔɪ]

n. 喜悅；樂趣

字母 j 發 [dʒ] 時，聽起來像是中文的「嘰」，**因此有「嘰嘰喳喳的聲音；吵雜聲」的意思，引申出「開心」的意思。**

例字學更多

jaw 嘮叨、**j**angle 叮噹作響、**j**ingle 發出叮噹聲、**j**eer 嘲笑；嘲弄、**j**est 開玩笑、**j**immy 用撬棍撬、**j**abber 急速而含糊不清的說、**j**ibe 嘲弄；嘲笑、**j**oyous 高興的、**j**oyful 快樂的、**j**ovial 友善快活的、**j**oke 開玩笑；說笑話、**j**ocular 有趣的；滑稽的、**j**ester 逗樂小丑、**j**okey 有趣的、**j**ocund 高興的、**j**olly 興高采烈的、**j**ocose 滑稽的；幽默的、**j**osh 戲弄

kernel [ˈkɝnl̩]

n. [C]（可食用的）核

字母 k 發 [k] 時，舌根往上抬到上顎，在喉嚨處形成一個**空間**，**因此有「空間；容器」的意思。**

例字學更多

kettle 水壺；開水壺、tea**k**ettle 水壺；開水壺、**k**it 一套工具、**k**eg 小桶子、cas**k** 圓木桶、cas**k**et 小盒子；棺材、**c**auldron 大鍋子、bu**ck**et 有把手的桶子、**c**an 罐子、**c**anister 金屬罐、s**c**uttle 煤桶、bun**k**er 沙坑、地堡、cro**ck** 瓦罐、flas**k** 保溫瓶、pa**ck**age 包裹、pa**ck**et 一小包、po**ck**et 口袋、sa**ck** 大布袋、tan**k** 容器、**c**arton 硬紙盒、**c**arafe 餐廳盛水的玻璃瓶、**c**rate 貨箱

註：c 也發 [k]。

light [laɪt]

n. [U] 光

adj. 輕的

字母 l 發 [l] 時，不費力，聲音聽起來**輕輕的**，因此有「**輕鬆；懶散**」的意思。

例字學更多

loose 鬆的；鬆弛的、loosen 鬆散；鬆開、lax 馬虎的、relaxed 放鬆的、sloppy 草率的、release 鬆開；釋放；上映、slack 鬆的、slacken 變鬆；鬆開、flabby 鬆弛的；肥胖的、floppy 鬆軟的、flaccid 鬆弛的；軟弱的、lenient 寬鬆的；寬容的、alleviate 減輕、laugh 笑；發笑、leisure 空閒的、lessen 減輕；減少、levity 輕率、liberty 自由、loiter 遊蕩；蹓躂、limp 輕柔的、lazy 懶散的、languid 無精打采的、lissome 輕盈的

發 [l] 時，輕鬆之餘，也容光煥發，「煥」是**光明、光彩**的樣子，**因此有「光明；光彩」的意思**，引申出「**白色**」的意思，因為光為白色。

例字學更多

illuminate 照明；照亮；闡明、Illumination 光；照明、lightning 閃電、lighter 打火機、lucid 明瞭的、luminous 在黑暗中發光的、lunar 月亮的、luster 光澤；光亮；光輝、lustrous 閃亮的、lux 勒克斯（一種光照度單位）、lucent 發光的；明亮的、lantern 燈籠、lamp 燈；照明設備、laser 雷射、flash 閃光、glossy 平滑有光澤的、glow 發光、polish 擦亮、ablaze 閃耀的；熊熊烈火的、brilliant 明亮的；出色的、resplendent 燦爛的、scintillate 產生快速的光；產生火花、leukocyte 白血球、leukemia 白血病、albino 白化症患者

Part
1
如何和英文拉近距離

Part
2
英文單字三大記憶法

Part
3
英文學習工具介紹

Part
4
番外篇

murmur [ˋmɝˋmɚ]

vi. vt. 低聲說；咕噥

字母 m 發 [m] 時，閉上嘴巴，**因此有「沒聲音；沒聲音的動作」的意思。**另外，因嘴巴閉上的關係，**引申為「說話不清不楚」的意思。**

例字學更多

mute 沉默的；無法說話的、**m**uffle 使聲音變微弱；消音、**m**uffler 消音器、**m**um 沉默的、**m**editate 默念；冥想；沉思、clam 蛤蠣、**m**use 沉思；默想、conte**m**plate 盤算；沉思、ru**m**inate 沉思；長時間思考、panto**m**ime 默劇；默劇表演、**m**ime 默劇；默劇表演、**m**umble 含糊地說、**m**utter 喃喃自語、ra**m**ble 語無倫次地閒說、sta**mm**er 口吃、whi**m**per 啜泣

---

nose [noz]

n. [C] 鼻子

字母 n 發 [n] 時，舌尖往上顎頂，使氣體**無法**出來，只剩**鼻音**，**因此有「鼻子；無；沒有」的意思。**

例字學更多

nostril 鼻孔、**n**asal 鼻子的；鼻音的、s**n**iff 嗅；聞、sce**n**t 香味、s**n**out 口鼻部、s**n**eeze 打噴嚏、s**n**uff 鼻菸（一種從鼻子吸入的菸草粉）、**n**uzzle 用鼻子輕觸、pi**n**ce-**n**ez 夾鼻眼鏡、**n**egative 否定的；負面的、**n**eglect 忽視；輕忽、**n**egate 使無效；取消、**n**ull 無效力的、**n**ever 從不；永不、**n**either 兩者皆非、**n**ihilism 虛無主義、**n**il 無；零、**n**o 沒有；無、**n**ot 不、**n**one 沒有人；沒有、**n**aught 無；沒有、**n**othing 沒有東西、**n**ix 白費力氣；徒勞、bla**n**k 沒有任何東西的、**n**adir 最糟糕的時刻（最沒有希望的時候）

coin [kɔɪn]

n. [C] 硬幣

字母 o 發 [o] 時，嘴巴成**圓形**，**因此有「圓形；圓狀物」的意思。**

例字學更多

aure**o**le 頭部的光環、b**o**wl 碗；圓形建築、c**o**il 一圈、c**o**mpass 羅盤、c**o**r**o**na 日冕；月華、c**o**r**o**navirus 冠狀病毒、cr**o**wn 王冠；皇冠、encl**o**se 圍住、gl**o**be 地球、**o**rbit 軌道、h**oo**p 環；圈、l**oo**p 環形、hal**o** 頭上的光環、r**o**und 圓形的、**o**val 橢圓的；卵形的、v**o**rtex 漩渦；渦流、z**o**diac 黃道十二宮（為天球座標系統）、b**o**re 鑽孔、burr**o**w 洞穴；打洞、perf**o**rate 穿孔；開孔、h**o**le 洞；孔；洞穴、v**o**id 空洞；空虛感、h**o**ll**o**w 中空的、**o**rifice 身體上的孔、**o**utlet 出口；排放孔、d**o**ugh 麵團（u 有「圓形」之意）、m**o**n**o**cle 單眼眼鏡、**o**ptical 視覺的；視力的、d**o**me 圓屋頂；半球形、cup**o**la 圓屋頂、m**o**sque 清真寺（其屋頂為圓屋頂）、**o**rb 球體；球狀物、**o**range 柳橙、d**o**ughnut 甜甜圈、d**o**t 圓點、p**o**re 毛孔；氣孔、t**o**rnad**o** 龍捲風

---

pat [pæt]

vt. 拍打

字母 p 發 [p] 時，雙唇緊閉後突然打開，**因此有「嘴巴的動作」的意思。**且這個音與中文的「**拍**」和「**碰**」的注音「ㄆ」相似，**引申為「拍打；碰觸」的意思。**

例字學更多

puff 喘氣；吸菸；抽菸、gas**p** 喘息；喘氣、gul**p** 大吃大喝、**p**ant 氣喘；喘息、**p**rate 侃侃而談、**p**rattle 閒扯；胡扯、s**p**out 滔滔不絕地說、**p**et 撫摸；愛撫、**p**unch 一拳；一擊；猛擊、**p**addle 涉水；撥水、**p**at 輕拍；輕打、**p**inch 捏；夾、**p**ing-**p**ong 乒乓球、**p**ummel 接連地捶打、ta**p** 輕拍；輕敲；輕觸、sla**p** 一巴掌；拍打、**p**al**p**ate 診斷時觸

摸檢查身體、**p**alp**i**tate 心臟悸動、**p**al**p**able 可感知的；觸摸得到的、im**p**al**p**able 觸摸不到的；難懂的、thum**p** 重擊；捶擊、bum**p** 碰撞；撞上、s**p**ank 打屁股、wallo**p** 猛擊；重擊；輕鬆擊敗、who**p** 打；擊敗；戰勝、**p**ound 連續重擊

---

quick [kwɪk]

adj. 快的；迅速的

字母 qu 發 [kw] 時，[k] 接近喉嚨的地方；[w] 在雙唇處，兩者發音部位離相當遠，發音需要**快**才能同時發出 [kw] 的音，**因此有「快速」的意思。**

例字學更多

quiz 問答比賽（問答比賽進行快速）、**qu**ake 顫抖（顫抖時動作快速）、**qu**icken 變快；加速、**qu**irk 急轉；怪癖；古怪之處

發 [kw] 時，由於有兩邊不同的發音處，且兩個音都要同時發出，**因此有「等同；平等」的意思。**

例字學更多

e**qu**al 相同的；當等的、e**qu**alize 使相等；使平等、e**qu**ality 齊頭式平等（平等）、e**qu**ity 立足點平等（公平）、e**qu**ivalent 等值的；相等的；等同的、e**qu**ate 同等看待、e**qu**itable 公平合理的、s**qu**are 正方形（四邊等長）；平方、e**qu**ivocal 模棱兩可的

發 [kw] 時，聽起來像是**鴨子的聲音**，因此有**「呱呱聲；不斷說話」的意思。**

例字學更多

quack 呱呱叫；庸醫、**qu**estion 問題；疑惑、**qu**ery 疑問；問題、in**qu**iry 詢問；打聽、in**qu**ire 詢問；打聽、re**qu**est 要求；請求；電臺或節目上點播的歌、**qu**arrel 爭吵；不合、**qu**arrelsome 愛爭吵的、s**qu**abble 口角；爭吵、**qu**ibble 為小事爭吵、**qu**erulous 愛抱怨的；愛發牢騷的

rob [rɑb]

vt. 搶劫；盜取

字母 r 發 [r] 時，舌頭需要往後捲，是相當**費力的動作**，因此有「**費力的動作**」的意思。

例字學更多

rampage 橫衝直撞；狂暴的行為；撒野、**r**age 狂怒；暴怒；熱鬧的活動、**r**un 奔跑；跑；行駛；運作；經營、**r**aid 突擊；襲擊；打劫、bomba**r**d 連續砲擊；連續轟炸、**r**ansack 洗劫；搜翻、sto**r**m 突襲；攻占；咆哮、b**r**each 破壞；違反、fo**r**age 覓食；尋找、st**r**afe 低空掃射、fo**r**ay 閃電式襲擊、ha**rr**y 不斷煩擾、**r**ake 搜翻；用耙子耙、st**r**ike 罷工；打擊、fi**r**e 涉及；砲火、ma**r**ch 抗議遊行；示威遊行、**r**ush 急速行進；趕緊、cha**r**ge 猛衝；衝去趕往、sc**r**amble 攀登；爭搶、sp**r**int 短距離快速奔跑、da**r**t 猛衝；飛奔、**r**ace 賽跑；競爭；爭奪、**r**avage 蹂躪；嚴重破壞、impai**r** 損害；削弱、**r**aze 夷為平地；澈底摧毀、c**r**ush 壓碎；壓扁、**r**ape 強暴、w**r**eck 破壞；毀壞、**r**ein 用韁繩控制；韁繩、cu**r**b 約束；抑制、**r**evolt 反叛；造反

發 [r] 時，嘴呈**圓形狀**，因此有「**圓狀物；旋轉**」的意思。

例字學更多

rotate 旋轉；轉動（繞圓轉）、**r**evolve 旋轉；轉動、whi**r**l 旋轉；迴旋轉、whi**r**lybird 直升機、ci**r**cle 圓形；圓圈、pi**r**ouette 趾尖旋轉（芭蕾舞舞者的招式）、**r**eel 卷軸；感到暈眩、**r**oll 翻滾；滾動、tu**r**n 轉動；旋轉、cu**r**ly 捲曲的、cu**r**l 彎曲；捲曲、hu**r**l 拋；扔（軌跡為圓弧形）、cu**r**ve 曲線；彎曲、ci**r**cuit 巡迴；環形道路；迴圈、**r**ing 戒指（圓狀物）；環狀物、spi**r**al 螺旋形；急遽上升；急遽成長、**r**ound 圓形的、**r**oulette 賭博用的圓形轉盤、sphe**r**e 球狀物、hemisphe**r**e 半球，ci**r**culation 血液循環（循環路線類似圓形）、emb**r**ace 擁抱（兩人擁抱成圓形）；欣然接受、tou**r** 巡迴演出；巡迴比賽、a**r**ch 拱門；拱形物

發 [r] 時，聽起來像中文的「**隆隆**」聲，引申為「**粗魯無禮**」的意思。

例字學更多

rude 不禮貌的；粗魯的；下流的、boor 粗魯無禮的人、boorish 粗魯的、coarse 粗俗的；無禮的；粗糙的、vulgar 粗俗的；不雅的、barbarian 野蠻人；沒教養的人、barbarous 野蠻的；粗野的、brusque 粗魯的；唐突的、churlish 粗魯無禮的；不友好的、reckless 魯莽的；輕率的、intrude 闖入；侵擾、rough 粗糙的；粗暴的、gruff 粗聲粗氣的；不友好的、rustic 粗製的；鄉村的、brutish 野蠻的、crass 不考慮他人感受的、crude 粗糙的；粗俗的、brutal 野蠻的；不顧及他人感受的

---

hiss [hɪs]

vi. 發出嘶嘶聲

n. 嘶嘶聲

字母 s 發 [s] 時，像中文的「嘶」，**因此有「嘶嘶聲」的意思**。因吸取液體時會發出嘶嘶聲，**引申為「品嚐；味道」的意思**。

例字學更多

seethe 生悶氣（生悶氣時鼻子頻頻吐出氣體，吐出氣體的聲音聽起來像嘶嘶聲）、whisper 小聲說話；耳語、sizzle 油炸食物發出嘶嘶聲、sip 小小口喝；啜飲（小口喝時發出嘶嘶聲）、savor 細細品嚐；享用、sample 嚐；品嚐、sup 吃；喝、swallow 吞下；嚥下、taste 味道；味覺；嚐、suck 吸；吸吮、absorb 吸收、consume 吃；喝、slurp 喝東西發出聲音、swill 大口地喝酒；暢飲、swig 暢飲；痛飲、spice 香料；趣味、salty 鹹的、spicy 辣的、sweet 甜的、sauce 調味醬；酒；無禮的話

發 [s] 時，由於氣流從齒縫擠出，聲音聽起來較小，**因此有「小」的意思。**

例字學更多

small 小的；小寫的；不重要的、minu**s**cule 微小的；極小的、**s**light 微小的；少量的、**s**midgen 少量、**s**eed 種子（種子小小一顆）；種子選手、**s**and 沙子；沙粒、**s**alt 鹽巴；食鹽、**s**hrimp 小海蝦、**s**oot 煤灰（煤灰為燒完後殘餘的小小塊煤炭）、**s**ugar 糖、**s**econd 一秒

taste [test]

n. [C or U] 味覺

vt. 嚐

字母 t 發 [t] 時，舌尖往前伸，有如用舌頭談話，**因此有「談話；說話」的意思。**

例字學更多

talk 講話；談話；談論、lecture 講課；講授、recite 背誦；朗誦、report 報告、banter 取笑、chat 閒聊；聊天、chatter 嘮叨；閒聊、chitchat 談話；對話、dialect 方言；地方話、utter 講；說；出聲、articulate 清楚地表達、**t**each 教導、**t**utor 當家教（教導時需要說到話）；家教、**t**ate 聲明；陳述；說明、mention 談到；提及、**t**ell 講述；說；告訴、**t**opic 話題（談話的內容）、**t**elephone 電話（談話的媒介）

發 [t] 時，**舌尖往前，引申為「手往前的動作」的意思。**

例字學更多

tie 打結；繫、a**tt**ach 繫；連接；固定、fasten 扣緊；繫牢、**t**ighten 使變緊、**t**oast 乾杯（手握著杯子往前敲擊）、**t**ap 輕拍；輕觸、**t**ouch 碰；觸摸、hit 打；碰撞、pat 輕拍；輕打、contact 接觸；觸摸、palpate 診斷時觸摸檢查身體、**t**ake 拿；取走、capture 奪取；取得、clutch 緊抓；緊握、a**tt**ain 獲得；贏得、**t**ow 拖；拉、**t**entacle 觸手（用於握住或感受某物）、**t**ickle 搔癢、extend 伸展

round [raʊnd]

adj. 圓形的；球形的

字母 u 發 [ʊ] 時，嘴形成**圓形，因此有「圓狀物」的意思。**

例字學更多

b**u**bble 泡泡；氣泡；冒泡；經濟泡沫、glob**u**le 小球體；一小滴、
ulcer 潰瘍、b**u**n 小圓麵包、circ**u**s 馬戲團（馬戲團帳篷成圓狀）、
do**u**ghnut 甜甜圈、m**u**ffin 瑪芬（外型像杯子蛋糕）、do**u**gh 麵團、
bisc**u**it 餅乾（這種餅乾通常為圓狀）、b**u**tton 鈕扣；扣子；按鈕、
ro**u**lette 賭博用的圓形轉盤

---

void [vɔɪd]

n. 空虛感；空洞

adj. 無效力的

字母 v 發 [v] 時，非常費力，但產生的音量卻不高，可說是白費力氣，感
覺相當**空虛，因此有「空；空虛」的意思。**

例字學更多

vacant 空的；空缺的、**v**acancy 空間；空缺、de**v**oid 缺少；缺乏、
vacuous 空洞的；無知的、**v**anish 突然消失；滅絕、**v**ain 徒勞的；虛
榮的、**v**anity 虛榮；空虛、e**v**acuate 疏散；撤離、**v**acate 空出；騰出、
vacuum 真空；缺乏；空白

發 [v] 時，唇齒之間摩擦生熱，**引申為「活力」的意思。**

例字學更多

vigor 活力；體力；精力、**v**igorous 有活力的、**v**ital 充滿生氣的、
vitality 活力；生命力、**v**ivid 栩栩如生的；生動的、**v**ivacious 活潑迷
人的、**v**iable 可存活的；可實施的、li**v**e 存活；活的；現場直播的、
ali**v**e 活著的、**v**im 活力；精力、**v**itamin 維他命（讓你有活力的營養成
分）、**v**ibrant 活躍的；精力充沛的

weep [wip]

vi. 哭；流淚

字母 w 發 [w] 時，類似中文「嗚」，**因此有「哭；擬聲字」的意思。**

例字學更多

wail 嚎啕大哭；慟哭、be**w**ail 哀嘆、ho**w**l 哀號；長嚎、**w**himper 哭泣；啜泣、me**w**l 虛弱地哭、yo**w**l 慘叫、turn on the **w**ater**w**orks 假哭、**w**hine 嗚嗚叫、**w**oof 汪汪叫、gro**w**l 咆嘯、**w**o**w** 哇；受歡迎的人事物

yawn [jɔn]

vi. 打哈欠

n. [C] 哈欠

n. [S] 令人乏味的人事物

字母 y 發 [j] 時，舌頭會**突然往上抬，因此有「突然出聲」的意思。**

例字學更多

yell 吼叫；叫喊、**y**elp 因疼痛而尖叫、**y**ap 小狗吠叫、**y**ip 短促且刺耳地哭泣；不停地吠、Ma**y**day 求救訊號、**y**owl 慘叫、ba**y** 狼叫；狗叫

sizzle [`sɪzl̩]

vi. 食物發出滋滋聲

字母 z 發 [z] 時，類似中文的「**滋**」聲，**因此有「滋滋聲」的意思。**

例字學更多

si**zz**ler 炎熱的一天（熱到像在烤東西一樣）、fi**zz**le 發出微弱的滋滋聲；逐漸結束、fi**zz** 冒泡發出滋滋聲、fi**zz**y 起泡沫的、fri**zz**le 烤到酥脆；烤到捲曲（烤的時候會發出滋滋聲）

3 | 語音表意結論

語音表意的爭議

　　儘管遺忘曲線和語音表意都有其爭議，但這兩者我都保持正向的態度。對於語音表意的爭論很早就有了，支持語音表意的人覺得，英文單字會透過其聲音、發音來傳達其概念和意義；另一方面，反對者覺得，語言形成之初或許有這樣的狀況，但在語言千年的演進巨流中，已經累積了百萬個單字，這些字詞形成的方法不同，甚至有不少例外，不能一概而論。不管如何，雙方的見解不能說是對的，也不能說是錯的，就我來說，我相信字母的發音，確實跟該字母的意義有相對應的關係。

公司名稱的驚人意涵

　　聲音與我們日常生活息息相關，我們在表達情緒的時候，難免會用聲音來表達，或是在無意識中會用聲音來表達，像是要準備講某件事的時候，卻忘記要講什麼；或是不確定要講甚麼時，會發出「ㄜ」的聲音；當我們坐上雲霄飛車，準備急速下降時，會大叫「啊」；在你生日當天，你朋友突然送你一個禮物，當下驚訝地發出「哇」的聲音……。

　　人會無意識中用聲音表達情感，相反地，聲音也會在無意識中給聽者產生一個感覺和意象。

「嘴巴，阿～」你也是這樣餵小孩子吃飯嗎？「**阿**」是為了要你張開嘴巴**吃東西**，所以在餵小孩子吃飯之前，父母親都要先自己展示一次嘴巴張開的樣子，我們可以把「阿」當作是英文字母的 "a"。再來，聽聽 H 的音，有「**費力**」的感覺，因為發音時，音沒有受任何唇齒影響，氣流一路由喉嚨到嘴巴外，發音費力，聲音卻小。"Häagen-Dazs"，想必就算沒吃過也聽過這個名字吧？這是非常知名的冰淇淋品牌，其公司的名稱沒有特殊含義，只是創始人為了讓此名稱聽起來像丹麥語，所以才自行造字。這個名稱前面的 "H"，有我剛剛提到的意思，因為在吃冰淇淋時，舌頭必須一直舔，時不時還要吃快一點，有點「費力」，就是為了不要讓冰融化，另外，兩個獨立單字都有包含 "a" 的音，這個音也就是跟「**吃的**」有關，Häagen-Dazs 聽起來給人一種「冰品、甜品」的感覺。

母音的聲音和「體積、大小、容量」相關，所以像是 [o] 或是 [u] 的音，給人一種「**體積大**」的感覺。

舉例來説：

Google 中間的母音即是 [u] 的音，而且還包含兩個 g，g 是一個在喉嚨深處發的音，所以 g 有「**深**」的意思，這代表著，Google 擁有龐大的搜尋引擎是名不虛傳的。有另一個發音和 Google 相似的單字是 googol，代表「十的一百次方」，這個數字也可以説是相當龐大，難怪會有一個 [u] 的音在此單字裡。

另一方面，子音也扮演著相當重要的角色，Kodak（柯達）是一間大型的跨國攝影器材公司，在短短的五個字母當中，k 就占了兩個，其用意為何？想像一下相機在按下快門的那一瞬間，你彷彿會聽到「**喀擦**」聲，其實這兩個 k 代表相機的快門聲，也就是「喀」聲。

總結來說，該怎麼取公司名稱呢？這裡有三大面向：

第一個是**韻律**，要是公司名稱只有單音節，聽起來或許會有點無趣或是突然，但如果像是可樂大廠 Coca-Cola 這樣有韻律感的公司名稱，比較能在消費者的心中加深印象。

第二個是**頭韻**，英文叫做 alliteration，這個在西方國家會比較常見，也就是兩個（或以上）單字的前一個或兩個字母都一樣的情況下，都可以叫做頭韻，有如甜甜圈連鎖店 Krispy Kreme 一樣，兩個單字的前兩個字母都是 kr。

第三個是**擬聲字**，和我剛剛提到的 Kodak 一樣。

想不到吧！原來在公司名稱裡的聲音會有這些驚人的涵義，或許我們一直都被這些品牌的聲音所影響著，只是沒有感覺到而已，因為這些聲音都會在無意識中讓人產生某個意象。

Part
1
如何和英文拉近距離

Part
2
英文單字三大記憶法

Part
3
英文學習工具介紹

Part
4
番外篇

解決我 GRE 夢魘

我在高三之後嘗試過背 GRE 的單字，只能說沒有勇氣真的不要嘗試，因為裡面很多單字都相當困難，不是因為單字太長的關係，是因為有很多短單字，或是單字的解釋太過於艱澀，我會說我讀英文遇到甚麼都不怕，就怕遇到短單字，最可怕的、無庸置疑地會是那些只有三、四、五個字母組成的單字，像是 bop、awry、wry、askew、brawl、moor、bebop、see (n.)、muff、quail、lilac、don、eke、eon、cuff、cove、wilt、awl、sill 等。還記得當時背到 glib，背完當下覺得是一個蠻好用的單字，但之後複習沒有一次可以想出它的解釋，直到發現它和 glisten、glacier、glitter 這些單字有個共通點，那就是前面都有 *gl*，因為知道 *gl* 是「**光滑**」的意思，所以之後背 glib（**油嘴滑**舌的）的時候變得簡單許多。

後記 如何靈活運用三大記憶法則

　　這個章節完整地分享了我記憶單字的三大方法，這三大記憶方法對於一個英文學習者，我覺得相當夠用了！如果是學生的話，難免會需要背到 4500 個單字，在這些單字裡面，能夠以字根首尾解決的單字占多數，剩下的單字利用格林法則或是語音表意幾乎都可以處理，所以這三大記憶方法對一般的學生來說是非常足夠的。如果要考較困難的考試，例如 GRE，想必單字量一定要非常大，才有可能把文章看懂、對話聽懂。雖然說字根首尾也可以解決很多 GRE 的單字，但相較 4500 單，可以用格林法則解決的單字變多了，而用語音表意解決的單字也增加了不少。

　　想像一下你面前有 10000 個單字，這些是隨機從字典裡挑出來的單字，裡面約有四分之三是外來字，其餘皆是本族語，如果是你，你會如何運用這三大記憶方法呢？

1. 看到這麼多單字不用怕，大約有 **7500 個單字**你可以輕鬆地背，因為你擁有**字根首尾**的能力，再長或再複雜的單字，只要有了字根首尾，一定難不倒你！

2. 深怕自己靠著字根首尾沒辦法記得牢固？**格林法則**這時候來幫助你**分析同源的單字**，讓你可以**依照詞源來分類單字**，只要這些單字都擁有相同核心語意，單字的聯想就更加輕鬆了。

3. 剩下的 2500 個單字別擔心，格林法則的效用還沒完呢！除了可以以詞源來分類 7500 那些單字，也可以分類 2500 裡的單字，這 2500 單字或許真的沒辦法用字根首尾處理，所以格林法則這時候就派上用場了，只不過，格林法則也不可能把 2500 完整分類完，難免會有幾個漏網之魚，這時候，語音表意發揮它的實力了，剩下的單字大部分靠著**語音表意**也能輕鬆背完。

　　最後我想要重述一次，背單字和背（記）其他事情一樣，像是名字或電話號碼，即便我們沒有任何方法卻能輕鬆記下來，這是因為長時間的使用；反觀單字，長時間使用過後，再加上這三大記憶方法，你一定可以戰勝所有單字的！

英文學習工具介紹

網路發達的世代，知識更是無遠弗屆！
想學好英文，方法很重要，工具更是不能少。
接下來，且看看有哪些輔助的學習工具，能幫
助英文學習如虎添翼。

線上字典

在網路已經如此發達的現今,知識的互通以及取得就更加無國界了!英文的學習也不例外,只要能夠善加利用網路工具,學習英文更加如虎添翼。接下來,就要介紹在我英文自學的過程裡,有哪些好用的線上字典可以幫助大家,它們又各自有哪些功能、特性以及優缺點;同時,只要掃瞄 QR Code,就可以直接連結囉!

(建議可以直接連結線上字典,一邊跟著書本的介紹,一邊實際操作,使用會更清楚熟悉。)

│1│ Cambridge Dictionary(劍橋詞典)

在 Google 上打 Cambridge Dictionary 就可以查到這個詞典了。

▶ 功能

詞典首頁的左上方有三條橫線,點開分別會看到:

Dictionary(詞典)、

Translate(翻譯)、

Grammar(文法)、

Cambridge Dictionary + Plus（劍橋詞典 + Plus）、

Log in（登入）、

Language（語言）、

Follow us（追蹤我們）。

Dictionary

其功能純屬查詢單字用。把 Dictionary 右邊的「加號」點開來的話，會出現 Definitions（定義）和 Translations（翻譯）兩個選項。

Definitions 可以讓你選擇要用哪種字典來查單字，Cambridge 有提供四種字典給使用者使用，分別是：

● English（英文字典），提供的內容會最完整。

● Learner's Dictionary（學習者字典），內容會比英文字典的少，但是對於一個英文初學者來説，已經很足夠了。

● Essential British English（英式字典），內容則會比英文字典少。

● Essential American English（美式字典），內容也會比英文字典少。

Translations 可以讓你選擇你所查出來的定義的語言，像我就常常用 English – Chinese (Traditional) 這個選項，查英文單字後，會跳出中文定義，例句也會有中文翻譯。

Translate

主要功能是翻譯句子或單字，一次只能翻譯 160 個字（中文或英文），而且一天只能翻譯 2000 個字，所以要妥善使用，因為一不小心就有可能會超過限制。Cambridge 的翻譯我個人覺得比 Google 翻譯得好，因為翻譯出來的句子會比 Google 還通順。順帶一提，Cambridge 所使用的翻譯引擎是 Microsoft 的，所以直接下載 Microsoft 的翻譯程式也是另一個選擇。

Grammar

其功能是查詢文法（第一次聽到字典可以查文法欸）！好像很少字典可以查詢文法；而且查出來的文法解釋很多，也很豐富，所以我常常在這裡瀏覽文法的專有名詞。

Cambridge Dictionary + Plus

這功能非常好玩，可以練習英文單字。

Step 1. 從主頁登入你的 Cambridge Dictionary 帳號。（如果沒有帳號，可以點擊「Don't have an account yet?」按鈕進行申辦。）

Step 2. 登入後，在 Cambridge Dictionary Plus 的頁面，看到「Go to all word lists」的按鈕，按下去便能看到大量的題目可以練習。

Step 3. 隨便點選一題，可以看到單字清單，每個單字都有英文定義，這個部分是在幫助你預習單字。

Step 4. 學習完單字後，可以按上方的 Test Yourself! 來自我測驗。

測驗有分文字類型和聽力類型兩種：文字類型的是給你單字的定義，你要輸入正確的單字；聽力類型是聽音檔，然後輸入正確的單字。

不只這樣，你也可以自行製作單字清單，完成之後，可以利用此系統來自我測驗。只要到字典裡查詢你想要新增的單字，再按下電腦顯示頁面右下角的黃色按鈕（如圖示），即可新增到單字清單中。

（新增單字按鈕示意圖）

Log in

此項功能是登入，登入之後可以建立自己的單字清單來練習。

Language

這選項的功能是用來切換顯示語言。只是這裡要注意：如果把語言調成繁體中文，顯示出來的文字會不太通順，有時候翻譯出來的中文看起來會怪怪的，所以還是建議你調成英文看就好了；至於要 UK 還是 US 就由你自己來決定了。

Follow us

這一個選項可以讓你在 Facebook、Instagram、Twitter 追蹤 Cambridge Dictionary 相關資訊。我覺得 Instagram 的排版跟圖片都很療癒,也可以學到不少單字。

▶ 優點

1. 提供中文和英文兩種解釋。因為很多字典不是只有中文定義,就是只有英文定義,如果學習者在看單字的定義,甚至例句的翻譯時,可以中英文對照著看,就可以對單字有進一步的了解。

2. 當數個英文單字的中文定義都一樣的時候,如果再看英文定義的話,就可以看出它們之間的差別,這個對於要精準使用單字的人非常重要,因為有些同義字不一定可以相互替換。

> 例如:當你查字典時,會發現 abomination、anathema、bugbear、bête noire 這四個字的中文解釋都差不多,但事實上它們還是有些微的差距。這四個詞彙都有「令人討厭的事物」的意思,但是英文定義會稍微不一樣……

Part
1
如何和英文拉近距離

Part
2
英文單字三大記憶法

Part
3
英文學習工具介紹

Part
4
番外篇

abomination

英文定義：something that you dislike and disapprove of
中文釋義：讓你不喜歡或不同意的一件「事」。

anathema

英文定義：something that is strongly disliked or disapproved of
中文釋義：讓你非常不喜歡、不同意的一件「事」，不喜歡、
不同意的程度高於 abomination。

bugbear

英文定義：a particular thing that annoys or upsets you
中文釋義：讓你感到煩擾或讓你不開心的一件「事」。

bête noire

英文定義：a person or thing that you dislike very much or that
annoys you
中文釋義：讓你感到煩擾或非常不喜歡的一個「人」、一件
「事」、一個「物品」。

3. Cambridge Dictionary + Plus 的功能真的很厲害，除了可以把
不會的單字，或是容易忘記的單字，全部放在一個單字清單中
外，你也可以自己將單字分類，例如：分成食物類、交通類、
醫療類、政治類等等。如果有很多單字清單，之後複習的時候
就很方便，而且在複習之前還可以先練習。

4. 這個字典會幫助你分辨單字，例如 predate 和 backdate 這兩個
   單字如果搞不太清楚的話，你查 predate 會出現 compare（比
   較）的框，在框框裡可以看到會跟 predate 混淆的單字，這時候
   你去點擊 backdate 查看，就可以知道兩者的差異。

▶ 缺點

1. 若把 Cambridge Dictionary 調整成繁體中文的話，單字量明顯比
   英文版少很多，且選用英文版本就不會有中文定義了。

2. 整個網站的單字量不大，沒辦法查到比較專精的單字，當然，如
   果你是初學者或是不需要用到很多單字的人，這個字典的單字量
   已經夠多了。

▶ 注意事項

　　這個字典是採用 IPA（國際音標），所以會跟 KK 音標有點不
太一樣，要去網路上找對照表來看，不然很有可能會唸錯單字。

|2| **Longman Dictionary of Contemporary English （朗文詞典）**

這個字典可有趣了，它裡面有很多練習題可以做，單字的資訊也很多，會提供豐富的片語或是同、反義詞。

在 Google 上打 Longman Dictionary of Contemporary English 就可以查到這個字典了。

▶ 單字搜尋

到 Longman Dictionary of Contemporary English 查詢單字後，會看到頁面上方有黃底白字的 **"Word family"** 這些**所查詢的單字加上字首或字尾的衍生單字。**

特別注意的是：

- Longman Dictionary of Contemporary English 的**音標**跟 Cambridge Dictionary 所提供的音標一樣，都是採用 IPA 音標。音標右側的**三個紅色點點**是標示詞彙的使用頻率，如果是三個點的話就代表高頻率，一個點的話就是低頻率。

- 單字右方如果有出現 W3（常見的前 3000 個書面英文字彙）的符號，就代表這個單字在書面英文中算常見的。

- 出現 **AWL** 就代表此單字屬於 Academic Word List（學術用詞清單）。

- 右方有兩個**喇叭**，左邊那個是英式發音，右邊那個是美式發音。

- 單字下方就是其定義，下方的粗體字是搭配詞，灰色的句子為單字例句。

- 繼續往下看，可以找到單字的文法及用法介紹，同時還提到片語。學習單字相關的文法和片語，對於這個字的使用是非常關鍵的一環，在寫作時遣詞用字功力的提升，有賴平常的累積，多查字典就是不二法門。

- 頁面更下方的 **Thesaurus**（同義詞），可以找到很多同義的單字，除了知道同義詞有哪些，還可以看到英文定義，仔細看英文定義，你會發現這些字的細微差異，用字可以更精準。

- 更下方的 **Examples from the Corpus**，這區塊提供更多例句讓你參考，這些例句都是從朗文的語料庫（Corpus）抓出來的，是現實生活中有人使用的例句。

▶ 功能

在首頁上方可以看到搜尋單字的框格，下方會有其他功能可以選擇：

Word of the day（每日一單）、

Hot Topics（哈燒話題）、

Do you know these words?（你知道這些字嗎？）、

Pictures of the day（每日圖片）、

Exercises（習題）、

Vocabulary（字彙）、

Intermediate grammar（中級文法）、

Advanced grammar（高級文法）、

LIstening and pronunciation（聽力和發音）、

Exam preparation（考試準備）等。

Word of the day

每天都會提供給你一個單字，點進去就可以看到這個單字的定義跟相關資訊。

Hot Topics

會顯示最近搜尋率最高的單字或較熱門的單字，點擊每個單字都可以看到定義跟相關資訊。

Do you know these words

就是給你某一個主題的單字，看你會不會這些單字。

Pictures of the day

會給你兩張圖片，並考你這些圖片的單字，你可以點進去看圖片的單字定義。這種測驗的方式可以幫助你將單字記憶的更牢固，因為你可以藉由圖像來理解單字。題外話，如果有時候你在背單字的時候，對於單字的中文印象很模糊的話，不妨用 Google 來搜尋這個單字的相關圖片，藉由圖像來記憶這些單字吧！

Exercises

這個選項有很多可以練習的東西！點進去之後會看到很多選項：**Vocabulary**（字彙）、**Intermediate grammar**（中階文法）、**Advanced grammar**（高階文法）、**Listening and pronunciation**（聽力與發音）、**Exam preparation**（考試準備）。

Vocabulary

點擊進去後，會出現很多種類的字彙：Synonyms（同義詞）、Collocations（搭配詞）、Idioms（慣用語）、Phrasal verbs（片語動詞）、Antonyms（反義詞）、Abbreviations and acronyms（縮寫與略縮語）、Register（語體風格）、Culture（文化）、The

grammar of vocabulary（字彙文法）、Word formation（構詞）。
這些都可以點進去進行練習，而且點進去還會有次分類可以讓你深入探索。

Intermediate grammar

　　點進去之後會看到很多細項：Adjectives and adverbs（形容詞與副詞）、Future forms（未來式）、Verbs with -ing forms and infinitives（ing 結尾的動詞和不定詞）、Passive forms（被動語態）、Word combinations（詞語組合）。我覺得比較好玩的是它的 Diagnostic test（診斷測驗），因為每個選項都有自我檢測的功能，所以可以在練習之前，測試自己文法的能力。

Advanced grammar

　　即高階文法，這裡談到的文法會越來越深入。

　　點進去一樣會看到很多分類：Modal verbs（情態動詞）、Conditionals, subjunctives and the 'unreal' past（條件句、假設語氣和過去非真實條件句）、Reported speech（轉述句）、The grammar of formal English（正式英文文法）、The grammar of spoken English（口語英文文法），這些都是高中生覺得稍困難或複雜的文法概念，如果可以善用此功能，必可提升句構能力。

Part
1
如何和英文拉近距離

Part
2
英文單字三大記憶法

Part
3
英文學習工具介紹

Part
4
番外篇

Listening and pronunciation

著重聽力及口說方面的測驗。同樣地，會有一些選項供你選擇，如：Stress（重音）、Syllables（音節）、Sound recognition（發音辨別）、British or American（英式或美式發音）。其中我最喜歡的是 British or American 這個測驗，因為我很喜歡英式發音，所以在做這個測驗的時候，我就可以練習分辨哪個是英式發音、哪個是美式發音，雖然很多單字聽起來都差不多，但在一些比較特別的地方（例如，英式發音的 ar、er、or、ir 不太會捲舌），就很容易分辨。

Exam preparation

是為了那些在準備考試的學生準備的。這裡的考試題目非常豐富，有包含：B2 等級（依照歐洲共同語言參考標準 CEFR 分級）的題目、C1 等級的題目、C2 等級的題目、雅思（IELTS）題目、多益（TOEIC）題目、培生學術英語考試（PTE academic）的題目。**市面上的題本都很貴，如果可以好好利用這些資源的話，可以省下不少錢，而且題目也很多，不怕你不夠寫。**

• 在朗文字典首頁的最下方可以找到 **Longman translator**（朗文翻譯機）我個人認為翻譯的比 Google 好一點。當然，和 Cambridge Dictionary 一樣還是有字數限制，一次翻譯的限制是 300 個字，一天翻譯量似乎沒有限制。

- 在頁面最下方，除了可以找到翻譯機，還有 **How to use** 的選項，點進去會先看到按照字母編排的單字，還可以看到的音標，可以在這裡學 IPA 國際音標。音標的部分還可以看是美式發音，還是英式發音的音標，非常實用。

|3| **Dictionary by Merriam Webster（韋伯詞典）**

　　在 Google 打 Dictionary by Merriam Webster 即可找到該字典。（進去首頁，或許一時會覺得眼花撩亂！沒關係，讓我們一一來解釋吧！）

▶ 單字搜尋

- 輸入單字後就會到另一個頁面，單字的右邊就是它的詞性；單字下方的左邊是音節的劃分，右邊則是發音。

- 左邊的 Definition 是這個字的定義，如果單字是動詞，而且可以分成及物動詞（transitive verb）和不及物動詞（intransitive verb）的話，以下還會分別提供及物動詞跟不及物動詞的解釋。

- 單字的下方有其他資訊：**Other Words from...**（其他從該單字衍生來的單字）、**Synonyms**（同義詞）、**Choose the Right Synonym**（用對同義詞）、**Example Sentences**（例句）、**Learn More about ...**（學習更多關於……）。

▶ 功能

在搜尋欄上方有很多選項可以點擊：

Join MWU（加入 MWU）、

Games（遊戲）、

Browse Thesaurus（瀏覽同義詞字典）、

Word of the Day（每日一單）、

Words at Play（單字的影響力）、

Time Traveler（時空旅行者）。

Join MWU
- - - - - - - - - - -

全名是 Merriam-Webster Unabridged，意思是當你選擇使用
這個功能，你就可以擁有完整版的字典，但是這個完整版的無廣告
字典要收費。你可以先試用 14 天免費使用的方案，這樣一來你就
可以查到更多的單字定義、字源、進階搜尋等，覺得好用再訂閱。

Games
- - - - - - - - -

單字的遊戲點下去之後會看到「每週挑戰」（Weekly
Challenge），按下 PLAY NOW 就可以開始玩了。

Browse Thesaurus

提供查詢同義詞的功能。

Word of the Day

每日一單，除了單字，還會提供你詞性、發音、定義、Did you know?（你知道嗎？）、例句。

Words at Play

是討論單字的差異，例如：infringe、encroach、impinge 這三個單字的差異。

Time Traveler

這個功能還蠻有趣的，你可以看到單字第一次使用的年代。

Part
1
如何和英文拉近距離

Part
2
英文單字三大記憶法

Part
3
英文學習工具介紹

Part
4
番外篇

|4| Thesaurus.com（同義詞字典）

這是一個可以查同義詞的字典，這個同義
詞字典是 Dictionary.com 的附屬字典，但因為
Dictionary.com 的我用起來較不順手，就沒有
很常用，但 Thesaurus.com 這個同義詞字典我
倒是很常用。

這裡要特別說明：有些字詞雖然名為同義詞，實際上，不一
定會跟另一個字的意思全然相同，有些甚至還有點差強人意，所以
查完同義詞過後，要記得到其他字典再查一次這些單字的定義和用
法，這樣才不會誤用。

▶ 單字搜尋

將單字輸入搜尋欄位之後，會跳出很多單字，這些單字都是其
同義詞，每個單字的顏色都不盡相同，如果顏色越深，代表關聯度
越高；如果顏色越淺，代表關聯度越低。

▶ 功能

首頁的左上角有一個選單，打開之後可以看到有三個選項：
Word of the Day（每日一單）、
Crossword Solver（填字遊戲）、
Everything After Z（各種冷知識）。

Word of the Day

每天會提供給你一個單字。

Crossword Solver

就是中文的「填字遊戲」，不論你有沒有玩過中文的，總之該遊戲會給你很多空格，每一橫條或直條都會給你提示，你要依照那些提示來填入單字。因為這是給外國人玩的遊戲，若沒有一點知識背景是沒辦法看懂提示的。不過，你在玩的同時還可以學到一些好玩的知識，甚至是冷知識。

Everything After Z

裡面有很多文章可以閱讀，不只文章，還有很多影片和遊戲可以玩。

裡面有很多分類：**Video**（影片）、**Slang**（俚語）、**Quizzes**（問題）、**Quotes**（語錄）、**Word Facts**（單字的真相）、**Trends**（趨勢）、**Word Games**（單字遊戲）、**More**（更多）。

在**更多**的分類裡還包含了：**Grammar**（文法）、**Hobbies and Passions**（嗜好與熱衷的事）、**History**（歷史）、**In The News**（新聞）、**Literature and Arts**（文學與藝術）、**Science and Technology**（科技與科學）、**Current Events**（近期事件）。

5 Online Etymology Dictionary（線上字源學字典）

Online Etymology Dictionary 是頗具規模的
線上字源學字典，學術味比較濃厚點，需要一點
耐心，要花一段時間才能理解。

首先在 Google 打上 Online Etymology
Dictionary 就可以查到這個字典了。

進入這個字典，首先映入眼簾的是搜尋欄位，再下面一點點是
大家最近常查過的趨勢單字（Trending Words），下方有個以字母
排序的清單，裡面會包含字根首尾跟單字。網站的下方還有探討字
源的專欄文章，是字源愛好者的最愛。

▶ 單字搜尋

我用 "predict" 來做示範，輸入 predict 就會看到 15 個搜尋
結果，這些結果都是跟 predict 有關的單字或原始印歐語詞根。

15 個結果：predict、predictor、predictable、predictive、
prediction、*deik-、foretell、augur、omen、fax (n.)、spae、
conjecture、predictability、inauguration、forecast。可以看到除
了 *deik-，其他都是單字；*deik- 是原始印歐語詞根，*deik- 就是
predict 的 dict 的源頭，底下會解釋原因。

以下建議你搭配著網站上 predict 的解說來閱讀：

1620s (implied in predicted), "foretell, prophesy," a back
formation from prediction or else from Latin praedicatus, past
participle of praedicere "foretell, advise, give notice," from
prae "before" (see pre-) + dicere "to say" (from PIE root
*deik- "to show," also "pronounce solemnly"). Related:
Predicted; predicting.

在解說裡可以看到 **1620s**，這是 predict 這個字出現的年份，或者是這個字最早被使用的年份；**引號**裡面是這個單字的定義，這裡的定義通常都會比較簡短；**back formation** 是逆向構詞的意思，逆向構詞通常是先有名詞，接著才有動詞，就像這裡提到 predict 是 prediction 的逆向構詞，就代表先有 prediction 才有 predict 這個單字；看到 or 了嗎？or 是告訴你這個字的來源有兩種可能，要不就是 prediction 的逆向構詞，要不就是從**拉丁文**的 *praedicatus* 來的，*praedicatus* 是拉丁文的 *praedicere* 的過去分詞，後面的引號就是 *praedicere* 的解釋，後面的 **from** 之後就是解釋 *praedicere* 這個字是如何組合而成的，可以看到是由 *prae* 加上 *dicere* 組合而成的，而 *prae* 是「之前、先前」的意思，*dicere* 是「說話、說」的意思，組合在一起就是「在之前說」的意思，衍生出「預言」的意思；看到 **from PIE root** 了嗎？這裡就是說 *dicere* 是從原始印歐語的 **deik-* 來的，同樣地，引號裡面的就是 **deik-* 的定義；最後

面的 Related 後面的 predicted 和 predicting 是 predict 的相關單字。

綜合上述，我們可以知道 "predict" 這個字在 1620 年就有人開始用，而這個字是由拉丁文借進來英文的，而拉丁文又是從原始印歐語的 *deik-* 來的。這個字可以被拆解成 *pre-* 跟 *dict*，其中 *pre-* 為「之前」的意思、*dict* 為「說」的意思，合在一起就有「在之前說」的意思，衍生出「預言」的意思。

學完 predict 這個字之後，若還要繼續學其他相關的字。可以點擊下方的 Related Entries，這些都是跟 predict 有關的字，點進 *deik-* 可以看到更多單字。

▶ 更多單字範例

為讓讀者能更進一步理解，以下提供其他的單字查詢結果供參考。

同樣地，建議搭配網站上 tripod 的解說來閱讀：

c. 1600, "three-legged vessel," c. 1600, from Latin tripus (genitive tripodis), from Greek tripous (genitive tripodos) "a three-legged stool or table," noun use of adjective meaning "three-footed," from tri- "three" (see tri-) + pous (genitive podos) "foot" (from PIE root *ped- «foot»). Related: Tripodal.

tripod 是「三腳架」的意思。在查詢結果的頁面上，可以看到大約在 1600 年就有人在用這個字，意思是 three-legged vessel，源自於拉丁文的 *tripus* ，拉丁文的 *tripus* 又是從希臘文的 *tripous* 來的，意思是 a three-legged stool or table，這個字是由 *tri-* 和 *pod* 組合而成的，其中 *tri-* 為「三」的意思、*pod* 為「腳」的意思，合起來就是「三腳架」的意思。點擊 *ped-*，你會看到更多相關單字。

▶ 學習建議

這個網站涉及單字的歷史和構詞學，建議你要先熟悉字首、字根、字尾，再使用這個網站來查詢單字，如果一開始就使用這個網站查詢，會比較看不太懂。在熟悉了字根首尾之後，就可以開始用這個網站查詢了。一開始因為不熟悉的關係，會看不太懂，建議參考我上面所列的範例逐字翻譯慢慢看，相信在日積月累之下，就可以看懂了！記住，一定要逐字翻譯來看喔。

Part
1
如何和英文拉近距離

Part
2
英文單字三大記憶法

Part
3
英文學習工具介紹

Part
4
番外篇

Chapter 2 YouTube 頻道

透過影片來學習英文是很有效的方式，但在琳瑯滿目的影片中，要從哪些看起呢？論影片量，YouTube 的影片量可說是非常足夠的，裡面各式各樣的影片都有，只要是你想得到的，幾乎都可以在這裡找到。

我推薦兩個很棒的學習頻道給大家：一個是 EngVid；另一個是 TED，前者相對比較簡單一點，後者是演講頻道，講者語速不一，所以建議比較有基礎的讀者才嘗試 TED。

| 1 | EngVid

這個頻道裡共有 11 位老師的課程，可以依照自己的需求或興趣挑選老師。

在 YouTube 查 EngVid 後往下滑，可以看到一個主頻道，點進去之後會看到老師的頭像和頻道。

裡面的 11 個老師們都有自己的專屬頻道，所以你可以選擇自己喜歡的頻道訂閱（subscribe），才不會漏掉第一手消息和影片通知。我覺得每位老師的發片頻率都差不多，大概是一個月 1 ～ 2 部左右。

Part
1
如何和英文拉近距離

Part
2
英文單字三天記憶法

Part
3
英文學習工具介紹

Part
4
番外篇

▶ 主頻道

點進影片區就有各式各樣的影片，幾乎都是從其他老師的頻道發過來的，右邊有一個影片清單，那裡可以找到各種主題的影片。我最喜歡的兩個老師，一個是 Ronnie，另一個是 James。因為他們兩個頻道比較有趣、也比較生動，在聽課的時候比較不會睡著。

為什麼我會特別推薦這個頻道呢？因為裡面的老師講話的速度很適合我們非英文母語者，這點非常吸引我，因為很多頻道的老師講話速度太快，沒辦法跟上。此外，EngVid 的用字也比較簡單，除非是比較難的話題才會出現難字。

|2| TED

在介紹這個頻道之前，我先來講講有關於 TED Talks（TED 大會）的資訊。

• TED 全名是 "Technology, Entertainment, Design"，也就是技術、娛樂、設計的結合。整體來說是以這三項為主軸，但是裡面的演講主題可是包羅萬象！

• TED Talks 是在 1984 年 2 月，由一位名叫 Richard Saul Wurman 的人構想出來的，一開始主要是以會議或是大會的方式執行的，而從 1990 年開始，TED 每年都會舉辦一次 TED 會議。

- TED 最早期的訴求是技術與設計，就和 Silicon Valley（矽谷）的理念一樣，但之後有很多各式各樣的主題出現，像是：科學類、文化類、政治類、學術類等等。現在 TED 是為一位名叫 Chris Anderson 的人所有，他是一位英裔美籍企業家。

- TED 主要的會議每年在英屬哥倫比亞省的溫哥華舉辦，在 2014 年之前，此會議於美國加利福尼亞洲的長灘舉行。除了主要的 TED 會議，還有很多項演講在各地舉辦，涵蓋北美、歐洲、亞洲以及非洲等地區，這些會議也有提供直播的服務。

- 演講主題範圍廣泛，以科學及文化研究為出發點，通常講者會講一小段的故事，來讓觀眾有深入其境的感覺，這些演講者至多有 18 分鐘的時間來分享他們的獨到觀念及個人經驗給聽眾。

- 2006 年的六月開始，TED 演講就提供了線上收看的服務，這些影片都是以姓名來標示，而這些影片都可以在 TED.com 找到。在 2018 年的一月時，已經有超過 2600 的影片可供線上觀看，在 2012 年年底，TED 演講已經累計 10 億以上的觀看次數。據研究顯示，大部分的人都是在線上看學術性質的影片，而藝術與設計的影片的觀看次數較少。

- 最近一次的 TED 大會是在英屬哥倫比亞省的溫哥華舉辦，時間為 2019 年 4 月 15 號到 19 號，主題為 Bigger than us。

- TED 執行很多計畫與項目，例如 TED Fellows、TED Open Translation Project（TED 開放翻譯項目）、TED Conversation（TED 對話）、TED Books（TED 書籍）、TED-Ed（TED 線上課程）、TED Prize（TED 大獎）等等。

▶ 主頻道

在 YouTube 打上 TED 就可以看到這個頻道了。

這個頻道已經有一千五百多萬人訂閱了，出片的頻率非常高，一天差不多有 1～2 部影片，每部影片有短有長，但就像前面介紹過的，每部影片不會超過 18 分鐘。這裡跟 EngVid 一樣，影片清單也有很多分類主題，可以挑選自己喜歡的主題來看。

Chapter 3 書籍推薦

　　學習工具書在學習英語的過程裡，也扮演重要的角色，畢竟整合式的學習有系統也完整。

　　這裡要特別推薦三本有關**格林法則**的英文學習書，三本書難易程度不同，從簡單到艱深分別是：

1. 《格林法則單字記憶法：音相近、義相連，用轉音六大模式快速提升 7000 單字學習力》

2. 《我的第一本格林法則英文單字魔法書：全國高中生單字比賽冠軍的私密筆記本，指考、學測、統測、英檢滿分神之捷徑》

3. 《地表最強英文單字：不想輸，就用「格林法則」背 10,000 個英文單字》。

|1|《格林法則單字記憶法：音相近、義相連，用轉音六大模式快速提升 7000 單字學習力》

▶ 內容

　　全書重點介紹用格林法則記憶 7000 單字的方法。一開始簡介格林法則的由來，提到格林法則是由一位名叫做雅各布・格林所發

現的，他就是編著格林童話的其中一位作者，他歸納出一系列的轉音規則，這項規則被稱作是「格林法則」（Grimm's Law）。

我們在第二章已經提過學格林法則的好處，那就是可以**用簡單字來記長難字**，因為基本上很多人都會簡單字，如果可以利用簡單字來記憶難字，那會是多麼輕鬆的一件事！不只這樣，學這套方法可以讓你在短時間來記憶很多單字，像我一開始接觸字根首尾的時候就很有感，因為你會發現你可以一次記下很多單字。而學習格林法則之後更有感，格林法則可以讓你在短時間記憶很多相關聯的單字，而且不是沒有邏輯或技巧就盲目記憶。這套方式是有語言學根據的，只要了解「同源」的意義，你可以靠著同源的概念來串聯很多單字，因為只要是同源字都會有共同基本的核心語意。

例：

印歐語的 *kerd-* 代表「心」的意思，它可以延伸出很多同源單字，**heart** 也是其中一個同源字，更多的同源字如：**card**iac（心臟的）、**cardio**logy（心臟病學）、re**cord**（記錄）、**cred**ible（可信的）、**cour**age（膽量）、**cord**ial（誠摯的）、**core**（核心）、con**cord**（協調）等。

雖然說這些單字都有核心語意，但在有些單字上卻看不太出來，不夠直覺，像是 concord（協調）這個字乍看起來，跟「心」沒關，因為其中文定義裡沒有「心」這個字。

為什麼會這樣呢？

我們要換個角度來思考 concord 這個單字，concord（協調）的 con- 是「一起」的意思，cord 則是「心」的意思，字面上是「（兩顆以上的）心在一起」，換個角度想，協調就是「要讓大家的心思一致」，如此一來，這個字的中文定義就可以跟它的核心語意來做聯想了，而且這種聯想法是有道理可言的，並不是無意義的聯想。

從上面可以看到，由 *kerd- 延伸出來的單字有很多，其中有難的、也有簡單，簡單的就是大家都知道的 heart，難的比如說 cardiac 這個字，這個字就不一定大家都會了。

這本書的訴求就是**藉由「簡單字」來記憶「困難單字」**。如果可以把格林法則和同源字的觀念套用在背單字上，可以了解到這些單字都有**相同的字源（同源）**，而且相同的字源才可以**由轉音（格林法則）的方式，用簡單字來記憶難長單字**。用本來就會的單字來記憶沒有看過的單字何樂而不為呢？

另外，本書提供「轉音六大模式」來幫助讀者記憶單字，這六大模式在第二章裡也有提及。除了這六大模式，還將每個章節細分為**「單字對單字」、「單字對字根」、「字根對字根」**，所以說，這樣總共有 18 種記憶策略。

- 「單字對單字」

  就是藉由本來就會的單字，利用轉音來串聯另一個比較難的單字，藉此鞏固記憶。

  例： heart 透過轉音對應來記憶 core 這個單字。

- 「單字對字根」

  直覺地由一個簡單的單字，利用轉音六大模式，來記憶另一個字根，再用這個字根來延伸出其他更難的單字。

  例：heart 藉由轉音，來記憶 *card* 這個字根，並記憶從 *card* 這個字根延伸出來的困難單字。

- 「字根對字根」

  透過轉音利用較簡單的字根來記憶更難的字根，再用其字根來記憶更多困難的單字。例如：*physio-* 這個字首是「自然、物理的」的意思，可以透過轉音來記憶 *-phyte* 這個字尾，表示「植物」，這個字尾就可以延伸出像是 aero**phyte**（氣生植物）、bryo**phyte**（苔蘚植物）、epi**phyte**（附生植物）、sporo**phyte**（孢子體）、meso**phyte**（中性植物）等。

  這本書非常適合正在就讀高中的學生來接觸，因為裡面單字的

範圍都是出自 7000 單字，可以打好高中單字基礎。另外，裡面還有附有指考、學測、統測歷屆試題，許多單字都是可以拆解的，做題目時，既可以複習單字，又可熟悉單字拆解和轉音規則，一石二鳥！

▶ 特色：

1. 展露歷史語言視角，啟迪語言人文素養

2. 章節編排錯落有致，鋪陳字源記憶圖騰

3. 字源考據精確詳實，字義聯想解説精闢

4. 完整羅列同源例字，清楚標示對應字母

5. 例句中譯質量俱佳，題材多元可讀性高

6. 搭配歷屆詞彙試題，增強單字學習成效

* 以上六大特色擷取自《格林法則單字記憶法：音相近、義相連，用轉音六大模式快速提升 7000 單字學習力》

Part
1
如何和英文拉近距離

Part
2
英文單字三大記憶法

Part
3
英文學習工具介紹

Part
4
番外篇

|2| 《我的第一本格林法則英文單字魔法書：全國高中生單字比賽冠軍的私密筆記本，指考、學測、統測、英檢滿分神之捷徑》

▶ 內容

本書的七大特色和七大記憶技巧，是我所看過的字根首尾的語言學習書當中，最齊全、最全方位的一本書；書內所提供的內容不只有單字拆解，單字的記憶聯想也很足夠，還有延伸單字、搭配詞……書中還提到有些單字其實不是同源，但有些坊間字根首尾的書會把他們歸類在同一類，容易造成學習困擾和產生認知謬誤。

• 七大記憶技巧：

1. 神之捷徑

第一大記憶技巧，也是作者獨創的「神隊友」記憶策略。

所謂的「神隊友」記憶策略就是幫助你使用簡單字，來快速記憶字根，除了上面所提到的，用 heart 來記憶 *card* 這個字根，而 *dent* 就可以用 tooth 來記憶，透過轉音，就可以把 *dent* 記下來。接著還可以用 *dent* 來延伸更多單字，像是 **dent**ist（牙醫）、**den-t**ure（假牙）、tri**dent**（三叉戟）、**dent**al（牙醫的）、in**dent**（縮排）。

2. 秒殺解字

用簡單的聯想方法來幫助你記憶單字。

有些單字拆解過後和單字的語意之間有個間隔（gap），這時候如果有一個可以幫助你聯想的句子，這樣在記憶單字的時候就變得更輕鬆了。舉個例子：unanimous 是「意見一致的」的意思，可以拆解成 un(i)-/anim/-ous，*uni-* 為「一」的字首、*anim* 為「心智」的字根、*-ous* 為形容詞字尾，字面上是「（同）一個心智的」的意思，如果可以聯想成「大家的心智（意見）都是一模一樣的」的話，這樣就好背很多了。

3. 源來如此

有發現是「源」來如此，而不是「原」來如此嗎？因為這個部分是在討論某些字的由來。

例如：Acer 是一個賣 3C 產品的品牌，其中前面的 *ac* 就有「尖端」的意思，這個品牌的訴求就是要立足在 3C 產品的尖端，將最好的產品賣給消費者。

4. 字辨

可以幫助你清楚了解某些同義詞的差異。

5. 延伸補充

包含更多的單字用法或搭配詞。

例：abject 的數個搭配詞：abject misery（極其苦惱）、abject poverty（極度貧窮）、abject apology（低聲下氣的道歉）、abject failure（澈底失敗）等。

6. 英文老師也會錯

這個部分很有趣，你會發現其實我們學的概念有些是錯的。

例：manage to 我們是學「設法做到」，但是字典裡的解釋卻不是這樣。其實 manage 這個字的解釋是 to succeed in doing or dealing with something, especially something difficult（成功做到或解決某件困難的事），所以說，manage to 的意思並不是「設法做到」，其實就是「成功做到某事」的意思。

7. 源源不絕學更多

用字根首尾來延伸單字，讓你可以用相同的字根首尾來學到更多相關的單字。

▶ 特色：

1. 考據嚴謹深入，立論有憑有據

　　當我們聽到考據，就知道會跟單字歷史有關連，必須要追溯到以前的資料，來應證現在所提供的概念是正確無誤的。當我們在談論格林法則，有討論到語音轉變的現象以 *kerd-* 為例，*kerd-* 所延伸的字根就有 *card, cord, cour* 等，你可以發現 k 與 c 發的音類似、中間的母音可以互換（我在格林法則的章節討論過了），d 則是沒有變化，這幾個詞都有相同涵義，都和「心」有關。

　　我們要如何追溯單字的歷史呢？ Online Etymology Dictionary 是一個不錯的選擇，這個線上字典非常方便，涵蓋的單字很多，查詢後可以看到很多同源單字，可以一次學到很多單字。其他的線上字典也可以參考 Oxford Online Dictionary，裡面也會有一些單字的歷史介紹。至於更專業的書籍的話我推薦 Chambers Dictionary of Etymology。

2. 破除常見謬論，貼近真實語用

　　市面上雖有很多字根首尾的書籍，但是很多字根首尾的書都很可能會有共同的錯誤，通常將非同源字歸類在一起，或者是犯了單字拆解的錯誤，舉個例子：around 跟 surround 乍看之下它們的 round 都一樣，但是這兩個單字卻不同源，around 的拆解方法是 *a-* 加上 *round*，但是 surround 的拆解方法卻是 *surr* 加上 *ound*， *surr* 的意思就是 super 的意思，ound 卻是從 *wed-* 這個印歐詞根來的，表示「水、濕」，雖然説如果把 surround 的 round 解釋成圈圈會比較好一點，但若它的原始的語意不是這樣，就不能這樣解釋了，所以説，若要搞清楚字源，不要覺得坊間的字根首尾的書都是對的，要自己去查。

3. 涵蓋重要詞素，囊括必考單字

　　這本書總共有 388 個字根首尾，包含 316 個字根、53 個字首、19 個字尾，聽起來好像沒有很多，但是這些字根首尾的衍生字就囊括了大部分英檢中高級程度的單字，更不用説高中生需要背的 7000 單。還記得在做英文閱讀題目的時候常可以看到畫底線而且標粗體的單字嗎？那些單字通常是學生不認識的單字，測驗目的是要學生從上下文來判斷該單字的意思，因為這種字通常都是偏長的，如果有學過一點字根首尾的話，就可以拆解，拆解過後，或許可以猜出它的意思！我在寫歷屆的考題的時候，就常寫到這種題目，而且有時候不用看上下文就可以知道該單字的意思，有時候我都覺得很神奇。我還記得高三的時候，看到閱測裡面有一個畫底線標粗體的單字— herbivore，我一開始不知道是什麼意思，後來我想到一個字— carnivorous，這個字是「肉食性的」的意思，而herb 本身就是一個單字，「藥草」的意思，所以我想 herbivore 應該跟「草食性動物」有關，沒想到，這個字真的是「草食性動物」的意思。

4. 轉音統整詞素，記憶由簡入繁

這個也就是我一開始提到的：**用簡單字記憶困難字**。這本書有獨創一個新的方法，叫做「神隊友」，神隊友的功用就是讓你用簡單且大家都知道的單字來記憶困難字，例如，要記憶 pedestrian 的時候，它的神隊友就會是 foot，因為 foot 跟 *ped* 可以互相轉音，所以就知道 pedestrian 有「腳」的意思。

5. 排版層次分明，符合學習理論

每個字根首尾的部分都會延伸出很多單字，而這些單字其實都是從簡單字列到困難字，可以讓你知道到哪個程度的單字就可以不用背了，因為越困難的單字其實用到的頻率就不高，既然頻率不高，那就沒有背的意義了，除非你是跟我一樣很愛背單字，不然不推薦你背很難的單字。

6. 適合學生自學，翻轉傳統教學

單字一定要老師教嗎？當然不一定，我一開始也沒有老師教我怎麼背單字，也沒有人會跟我說他們背單字的方法，就背單字這個部分，都是我自己一個人完成的，因為從一開始構思背單字的方法，到後期不斷改進方法，除了高二時老師指導格林法則、印歐語詞根和考據方法外，我都靠自學，自學是一個很有效率的方法，自己就可以背很多單字，而這本書可以幫你達到自學背單字的目標。

7. 收錄真人發音，建立快捷索引

　　就如標題所見，整本書的主要單字都有提供真人發音的音檔可供下載。而書的最後面也有提供索引，讓大家可以比較快速找到書中的單字。

* 以上特色擷取自《我的第一本格林法則英文單字魔法書：全國高中生單字比賽冠軍的私密筆記本，指考、學測、統測、英檢滿分神之捷徑》

|3| 《地表最強英文單字：不想輸，就用「格林法則」背 10,000 個英文單字》

▶ 內容：

　　我在第一章有提到，我第一本看的格林法則相關書籍就是這本《地表最強英文單字：不想輸，就用「格林法則」背 10,000 個英文單字》。雖然這本是我覺得最難的，但是我卻背得很上癮。

　　我覺得這本書跟第一本有點像，因為它是把一組同源字放在一起。

　　例：這本書第一組的單字是先從 *burs* 這個字根開始，它說到這個字根是從 purse 這個單字轉音過來的，至於轉音的過程可以參考第二章，所以說，*burs* 這個字根就跟「皮包、錢」有關，延伸

出的單字有：**burs**a（囊）、**burs**ectomy（滑液囊切除術）、reim-**burs**e（償還）、**burs**ary（獎學金）、**burs**ar（財務主管）等單字。

另外，我覺得這本書格林法則介紹得比較詳盡（雖然第一本書也介紹很多），前面有介紹「第一次字音推移」，也就是格林法則，還有講到英文是從哪一個語系出來的，還有附一張圖來概括從原始印歐語衍生出來的語言，所以就可以清楚看到很多語言其實都是從印歐語來的。

▶ **特色：**

這本書有談到比較學術的用詞，也就是每個音的發音部位，其中有包含：**齒齦音、齒齦後音、齒間音、硬顎音、軟顎音、喉音**等。雖然這些都是比較學術的用詞，但是如果可以將發音部位相似的字母綁在一起記憶的話，就可以知道哪幾個音是可以互相轉換的。

在閱讀這本書的時候建議：

從自身需求出發來決定要背哪些單字，如果你不是醫療人員，基本上你就可以不用背了，像是 bursa 或是 bursectomy 等醫學單字。另外，除非你要考 GRE、TOEFL、IELTS 等考試，裡面有些比較艱澀的單字，像是 septuagenarian、orthodontia、nepotism、plutocracy、bilabial 等，我覺得都是可以不用背的（雖然我都已經背下來了）！

還有需要注意一點，那就是不一定每一組單字都會是同源，如果不是同源，上面敘述的部分會寫沒有同源，**只是用一個比較好記的方法來記那組單字**。像是書裡面有一組單字是以 *phren* 來延伸單字，它是說用 brain 來記憶這個單字，但是這兩個單字卻不同源，*phreno-*（也就是 *phren*）的印歐語是 **mregh-m(n)o-*，但 brain 的印歐語卻是 **bhren*，既然不同源，就不能轉音了，雖然這兩個看起來好像可以轉音。

|4|《英語易混淆字速查辭典》

▶ 內容：

在這本書的封面上可以看到：「motorcycle vs. scooter 騎起來不一樣？」「delicious vs. tasty 吃起來不一樣？」「paint vs. draw 畫起來不一樣？」光這三個問題就可以讓一堆人搞不清楚了，更何況裡面有 1000 多組的易混淆字。

本書大致包含兩個部分：第一種是長很像或是容易拼錯的單字，像是 abjure ／ adjure、abroad ／ aboard、acclimation ／ acclamation 等；第二種是意思太相近不知道要怎麼區別的同義詞，像是 abstemious ／ abstinent、able to ／ capable to、abandon ／ desert ／ forsake、acid ／ sour 等。

另外還有一個較小部分的是「不知道該如何正確書寫的單字」，像是 Xmas。

▶ 特色：

我每次看完一組都會有一種「原來如此」的感覺，因為背了這麼多單字以後，會有很多單字在字面上長得很像，或是意思差不多的單字，這些單字都很容易造成學生混淆，不知道其中差異在哪，甚至不知道該怎麼使用這些看起來很像的單字。

書的背面還有一些易混淆的單字，像是：耶誕卡上應該要寫 Xmas，還是 X'mas ？「黑眼圈」到底是 black eye，還是 dark circle ？同樣都是兔子，rabbit 跟 bunny 有什麼不同呢？說真的，我一開始也不知道這三組字詞有什麼明顯的差異，或者該怎麼使用這些字詞，但看完解釋後，我感到豁然開朗。

|5| The Merriam Webster Dictionary of Synonyms and Antonyms

▶ 內容

全書內容是一組一組的同義詞，每個單字都會有一串解釋，之後會有一個例句，如果那個單字有反義詞的話，會列到該單字的最後方。

▶ 特色

之所以會推薦這本書，是因為我很喜歡這本書的排版跟內容，在學習同義詞跟反義詞時，幾乎都是先看這本書。

其實我把這本字典當一本書在讀，我會一次把整組的同義詞學起來，這樣在寫作的時候才可以做到「換句話說」的境界，用字遣詞也變得比較活潑豐富一點。但我覺得問題是：很多單字的定義都很像，如果很像的話，要自己再去其他字典查詢，找出這些字的些微差異之處，**如果可以做到把一組同義詞的差別都辨識出來，這樣在寫作上用詞才可以更精準。**

|6| Word Power Made Easy

▶ 內容：

這本書前面有一個小測驗，是用來測試你的字彙量大概有多大，再來是主題式單字，在主題式單字裡，作者挑選大約 10 字詞來解說。此外，作者用該單字所涵蓋的字根首尾來延伸單字，除了延伸單字，還會列出該單字的詞性變化。所以說，在一個章節就可以學到很多單字了，更何況全書裡面有很多主題可以學。

▶ 特色：

本書用到兩個記憶單字的方式都很實用，把這兩個方法結合真的很厲害，分別是：第一，依照主題列出單字；第二，用字根首尾來幫助聯想。這兩種方式都是背單字的高效率方法，所以我覺得這本書相當實用。

這本書後來出中譯本，拆成兩本出版：**《英文字彙解密：語言、事件與個人特質 字源及衍生字完全記憶法》**、**《英文字彙解密：人格、職業、科學與行為 字源及衍生字完全記憶法》**。若是自覺英文不好，但又想把單字背好的人，可以嘗試這兩本，只是這兩本買下來會比原文書還要貴很多。

Chapter 4 學習網站

英文學習網站也是近來許多想學好英文的人會利用的學習平臺,在這裡要分享我常使用的三個學習網站,或許也助大家學英文一臂之力哦!

|1| **VoiceTube**

這個網站真的是對想要把英文學好的人很有幫助,因為裡面的影片都有中文字幕,翻譯也不會很奇怪,可以邊看影片邊搭配著字幕,非常適合初學者學習,且影片的主題包羅萬象;除此之外,有類似口說測驗的遊戲可以玩。我想 Voice-Tube 應該是很多人都很推薦的網站吧!

在 Google 打 VoiceTube 後就可以查到這個網站了。

建議在使用之前先登入或註冊帳號,這樣才可以使用所有功能,並且創建獨一無二的個人單字表。在首頁右上角有一個登入或註冊的按鈕,按下去就可以進行註冊了。

▶ 功能

　　首頁最上方有很多選項可以做選擇。

頻道、

分級、

口說挑戰、

社群、

匯入影片、

Vclass、

HERO 課程、

商務英文實戰。

• 頻道

　　這裡有很多選項，包括：**中英文雙字幕影片、深度英文演講、知識型動畫、看 BBC 學英文、TOEIC 多益考試、TOEFL 托福考試、IELTS 雅思考試、阿滴英文、主編精選、英文學習技巧、電影與電視劇學英文、聽音樂學英文、卡通動畫學英文、兒童學英文、綜藝娛樂、康軒英文：七、八、九年級**。接下來一一做介紹說明。

中英文雙字幕影片

　　網站提供很多中英文雙字幕的影片，這對於剛開始學英文的人很友善，他們不只可以邊練聽力，還可以邊看著字幕來理解影片的

內容。如果覺得自己進步了，就可以嘗試把中文字幕關掉，看自己可不可以聽懂每一句話的意思，如果還是覺得太簡單，不妨把英文字幕也關掉，自我挑戰一下。一開始不一定要把字幕關掉，只要堅持每天都看一部影片，每天循序漸進，到最後相信你可以在把中英文字幕都關掉之後，還可以聽得懂影片在講什麼。

深度英文演講

影片內容幾乎都是從 TED 擷取出來的，既然是從 TED 擷取出來的，那就代表難度不低，建議新手可以先去**中英文雙字幕**的部分找影片看，如果覺得內容都太簡單了，再到這邊找影片看吧！ TED 的主題包羅萬象，所以選擇適合自己的主題相當重要。一開始可以不要涉及太專業的主題，因為那些專業的主題會用到很多專業詞彙，如果沒有基本的背景知識，要理解整部影片是會有難度的，所以我推薦一開始可以先選像是教育、娛樂、知識等主題，再來也可以嘗試看看疾病、經濟、健康等主題，讓自己涉獵各個領域的知識。

知識型動畫

我個人很喜歡知識型動畫的影片，這些影片都是用動畫來幫助你了解某個知識，很多影片的動畫都很吸引人，而且很多知識都是日常生活中會遇到的，但是我們卻不懂。當然，這裡還有很多很有深度的知識等你來發掘。

BBC 學英文

BBC 是一間廣播公司，雖然說是廣播，但也有提供影片。影片基本上可分為兩種主題：純教學、話題性質，而純教學的影片會偏多一點。

TOEIC 英文考試

多益考試在臺灣相當盛行，是全民英檢以外，很多人會考慮報考的檢定考試，因為很多大學都有設畢業門檻，所以許多大學生會想盡辦法去補習或是參加讀多益的社團來考過門檻，但因為題數多、時間又少的關係，很多人還是不知道該怎麼考才能得到高分。TOEIC 英文考試專區有提供準備多益的影片，可以幫你克服這些困難。此外，這裡也有許多依據主題來分類的多益學習影片，不妨多多利用。

TOEFL 托福考試 和 IELTS 雅思

托福和雅思考試的影片難度會提高許多。難是難在哪呢？像托福、雅思的考試**內容往往涵蓋不同領域的主題而造成單字的難度增加**，像是醫療、天文、政治等專業領域，會出現大量該主題的專業詞彙，所以要先有一點背景知識，這樣閱讀起來才不會很吃力。你會發現裡面的影片會更著重口說跟寫作，因為托福、雅思會考你的口說跟寫作。這兩項技能真的不好練，口說的話必須先看過很多影

片大量輸入，也需要常常開口講；寫作有賴平常閱讀，多看看文章的架構，就可以抓到一點寫作的訣竅跟技巧。

阿滴英文

相信很多人都有看過**阿滴英文**的頻道，因為他們在 YouTube 上的訂閱人數已經破兩百萬訂閱人數了，而且他們的頻道也已經經營很久了，所以我想很多人都有看過他們的影片吧！而 VoiceTube 也有收錄阿滴英文的系列影片，如果要搭配英文跟中文字幕的話，就可選擇用 VoiceTube 來看。

主編精選

這裡的影片我覺得難度不會太高，如果會基本的對話，就可以看懂大概，這裡的影片應該難不倒你；而且這裡的影片大部分都不長，所以可以在閒暇之餘，點選幾個比較感興趣的影片來看。

英文學習技巧

裡的學習影片包羅萬象，是我最喜歡的部分，有教寫作、字彙、會話、文法、聽力等，只要是你想得到的英文技巧，在這裡都可以找得到喔！

電影與電視劇學英文

如果你愛看電影，我想你會對這部分很感興趣！只不過，因為這些影片是出自電影與電視劇的關係，所以英文會念得比較快，而且比較口語。因為講太快、太口語的關係，所以很多詞彙或是片語，有可能會聽不懂，而聽不懂的話就很難了解整部影片的內容，若遇到聽不懂時，建議可以打開字幕，再聽一次。

聽音樂學英文

我是一個很愛聽音樂的學生，而且什麼類型的音樂都聽，所以常常接觸到各式各樣的音樂，儘管如此，我還是比較常聽外國的歌曲，不知道為什麼特別愛聽，可能是中文歌聽到很膩，又或是外國歌曲的旋律我比較喜歡吧？說到英文歌，我還記得之前電視上有商家在賣真鑽情歌，一套好像兩千多元，收錄九十首歌，當下覺得很貴，應該不會有人去買，沒想到我爸在旁邊跟我說，這些是他每天在開車的時候都會聽的歌，聽到這裡我才驚覺到我那些在車上聽的歌都是真鑽情歌，而且那些歌我都很喜歡，每一首我都可以哼出旋律。說了這麼多，就是要跟你介紹**聽音樂學英文**這個學習英文的專區，在這裡你可以聽到知名歌手的音樂，還有其他訪問歌手的影片，只要你愛聽音樂，我相信這裡的影片會很吸引你喔！

卡通動畫學英文

雖然已經進到大學英文系就讀，有時候我還是會看歐美的卡通來增進自己的聽力，並學習最道地的日常英文該怎麼說，你應該想不到一個已經唸到英文系的大學生在看卡通學英文，但我必須跟你說，看國外的卡通、動畫是真的對聽力有很大的幫助。

兒童學英文

或許你的英文程度沒有很好，放心吧，不管你幾歲，只要找到適合你的教材，我不相信你學不好英文。如果你覺得上面的影片介紹太難，不妨看看**兒童學英文**這個分類，你可能會很感興趣喔！只要你對自己的聽力沒有很有把握，或是覺得自己的單字量還不如國小生，那麼你可以來這個分類找找適合自己的影片。

綜藝娛樂

國內大大小小的綜藝節目我都有看，像是綜藝玩很大、綜藝大集合、綜藝大熱門等，我很喜歡各種綜藝節目，因為可以看到很多出糗或是搞笑的片段。如果你和我一樣，那你絕對會很喜歡這個分類：**綜藝娛樂**。這裡的訪談影片居多，但這類型的訪談影片卻很有趣，主持人會不斷丟幾個梗出來逗大家笑，又或是節目上會有很多小遊戲，主持人會跟來賓一起玩，來賓通常都是大咖人物，在這裡有機會找到你喜歡的來賓，相信學起英文會更有動力。

康軒英語：七、八、九年級

如果你還是國中生，或是程度較好的國小學生，那麼接下來的教材可能會比較適合你：**康軒英語：七、八、九年級。**

|2| WikiDiff

相信你有時候會搞不太清楚某些字詞的差別，因為中文翻譯看起來都差不多，有些中文翻譯甚至還會一樣，這樣就會使的很多學生誤以為這些字的意思一模一樣，甚至在寫作文時會相互交換替代。其實，很難找出兩個意思一模一樣的同義詞，就算意思很相似，都還是會有一點些微的差異。

WikiDiff 網站可以讓你更快速地分辨兩個字的差別在哪，我常常都會在這裡查兩個同義詞的差別，每次看完都可以知道差在哪裡。

在 Google 打上 WikiDiff 就可以看到這個網站了，點進去之後，你會看到一個非常陽春的頁面。

▶ 功能

只要把你想要分辨的兩個單字分別輸入就好了。

例：gauche 與 unsophisticated 二字，中文都有「不老練的」的意思。

　　將這兩個字輸進去兩個空格，再按下旁邊的問號按鈕就可以了，之後它就會跑出這串文字：

unsophisticated is a synonym of gauche. As adjective the difference between unsophisticated and gauche is that unsophisticated is not sophisticated; lacking sophistication while gauche is awkward or lacking social grace; bumbling.

意思是：unsophisticated 和 gauche 互為同義詞，就形容詞而言，這兩個字的差別在於 unsophisticated 指的是，不了解大家的行為舉止、也不了解流行文化的那種「不老練」，是沒有或是缺少 sophistication（老練）；而 gauche 是**不善社交**或**缺乏社交風度**，有**笨手笨腳**的感覺。不代表 unsophisticated 就是 gauche，意思其實差非常多。而這當中些微的差異，藉由 WikiDiff，就能明顯看出。

Part
1
如何和英文拉近距離

Part
2
英文單字三大記憶法

Part
3
英文學習工具介紹

Part
4
番外篇

|3| **Youglish**

學英文，當然免不了要開口，要能跟人對話，但是有時候會遇到單字不會唸，或是看不懂音標的情況，又或者想知道外國人實際上怎麼講，這時候 Youglish 就可以派上用場了！

上 Google 查 Youglish 就可以看到這個網站了。

▶ 功能

Youglish 裡面的影片都是從 YouTube 來的，只要有字幕的影片，都會被收錄在 Youglish 裡面。把不知道怎麼唸的單字或是片語輸入進去，就可以聽到最道地的發音了，下方還有不同口音可以選擇，你可以選美式英文、英式英文或是澳洲式英文，或是你要一次查詢這三種口音也可以。

例：coup（政變）

我相信很多人如果沒有看過這個字，第一次應該會念成 [kup] 吧？但是這個字的 p 不用發音，所以只要念 [ku] 就好了。

如果還是沒有把握要怎麼念，就把 coup 輸入搜尋欄。

輸入之後你會看到一部影片，影片會自動撥放，會從 coup 這個字出現前一點的地方開始撥放，如果聽不太清楚，可以按下一部

的按鈕，有很多影片可以選擇（和coup有關的影片共有1563部）。如果是比較常見的單字，會有更多部影片可以看，但如果單字非常罕見，那就不會有很多影片了。

其實音標有時候會標錯，或是道地的英語母語人士並不是照音標那樣發音，舉個例子，我們先去劍橋字典查 confidant（別跟 confident 搞錯了），音標為 [ˌkɑnfɪˈdænt]。請把這個字輸入 Youglish 的搜尋欄，仔細聽聽外國人士怎麼發音的，他們並不是用像音標標註的那樣來發音，最後的蝴蝶音其實是要發成「啊」的音，也就是說，音標應該要是：[ˌkɑnfɪˈdɑnt]。

Part

4

番外篇

英文單字的學習資訊真的太多了，就算我前面
已經介紹了許多英文單字學習法和工具，仍然
不可能把所有關於英文單字的資訊全部講完。
因此，在最後的番外篇，我會介紹一些前面沒
提到但也很重要的概念！

Chapter 1 加速背好單字的關鍵

　　我本來對單字的重音沒有什麼概念，也很少會真正去探討單字的重音落在哪、該怎麼唸，但自從我開始背單字之後，我發現**會唸一個單字是背好單字的關鍵，看懂音標會讓發音更為精準。**

| 1 | 單字的重音到底要如何分辨？

　　對我來說，看音標是沒甚麼問題的，但一開始遇到重音就發現問題了，因為就算知道重音的符號標在哪裡，我也不一定可以把重音唸對，直到後來在學習過程中，多聽每個單字的發音，才逐漸知道重音該怎麼唸。

　　起初，我沒有花太多時間去研究重音。但是，當我看到很多高中同學不會分辨重音、也不知道怎麼唸重音，我才開始思考對一個完全不會分辨重音的人來說，要怎麼教他們，才可以讓他們會分辨、唸對重音。

　　想了許久，我終於想到了一個該怎麼教才能讓他們理解的方法。不過，在一開始試教幾個同學之後，發現成效不佳；經過不斷思考並調整方法之後，果然大部分的同學已較能理解，對於重音分辨也較有概念，成效明顯提升。其中唯獨一位同學，仍然無法掌握

精髓，他提出了一個問題，也剛好印證我一開始分享的：「要會唸一個單字是背好單字的關鍵。」

這裡先來分享我研究出來的教法，再來說說那位同學的問題。

如何分辨、唸對重音

以 record 為例：

record	
名詞	[`rɛkɚd]（唸作 "REcord"），有「記錄；記載；經歷」等意思。
動詞	[rɪ`kɔrd]（唸作 "reCORD"），有「錄音；錄影；記錄」等意思。

老師在教這個單字的時候，總會再三強調 record 的名詞和動詞字義上的差異；也常強調名詞與動詞發音的不同。至於為什麼同樣拼寫，但不同詞性會有不同的發音？原因就出在**重音**。

這個單字有兩個音節，可以看到名詞的重音落在第一音節，動詞的重音則是落在第二個音節。（假設你看了音標不知道怎麼唸這兩個不同詞性的單字？建議你先聽聽線上字典的發音，聽完之後自己唸唸看，感受一下這兩個的不同。）

除了兩個母音（e 和 o）的發音不同，重音的位置也不同。請記住這兩者的發音。接下來要請你閉上嘴巴再唸一次，你會發現名

Part
1
如何和英文拉近距離

Part
2
英文單字三大記憶法

Part
3
英文學習工具介紹

Part
4
番外篇

詞的 record，第一個音節的音聽起來會比第二個音節的音還要高一些；換作是動詞的 record 的話，第二個音節聽起來會比較高，仔細聽閉上嘴巴發出的聲音，你可以明顯感受到哪個音節的音高較高，所以說，**只要該音節的音高較高，重音就落在該音節。**

接下來，去線上字典查查一些你不確定怎麼唸的單字，查到之後看該音標，搭配重音發音的規則，試著發音，檢視自己的發音是不是和字典給的發音相同，記得把重音發得高一點，要很清楚將重音節的音高和其他音節的音高作出差異。

以上都是我在教別人分辨重音的時候所提出來的說法，因為學校考試有考到標示重音的題目，而且我看有些同學不會分辨重音，所以我突發奇想要來教他們分辨，而且成效還不錯。但還是有其中一位同學無法體會。

他提出的問題非常單純，我一開始還真的沒想到。他說：「**如果一開始不會發那個單字的音，那就很難知道重音會落在哪裡啊。**」因為那時候的考試是測驗高階單字，要會唸每個單字真的很難，這也就是為什麼這位同學不知道重音要如何分辨，因為他完全不會唸這些單字。因此，就算看到單字，根本找不出重音節在哪裡。

從標示重音節這件事，我發現，如果要背一個單字，一定要會先唸，不會唸卻要背好單字根本免談。建議你去線上字典查一下發音，查完之後去 Youglish 再三確認老外的發音。

看到這裡，其實你可以開始訓練你分辨重音的能力了，相信你一定可以唸完一次單字就知道重音落在哪裡了！

|2| 學會重音的作用

仔細回想一下，你在背單字的時候，有將發音記下來嗎？如果有，那麼恭喜你，背單字的方法是正確的。再來，你有遇過不確定單字怎麼唸的情況嗎？明明音標都看得懂，卻發現自己唸的跟線上字典給的發音不一樣，這原因可能就出在重音。

學會重音的優點－與人溝通會更清楚！單音節的單字不用說，但到了多音節的單字後，判斷重音的位置變成了一件值得討論及學習的課題，一旦重音放錯位置，不僅沒辦法正確地將該單字記下來，也沒辦法在與別人溝通時，讓別人清楚知道你在講什麼。所以，當別人聽不懂你在說什麼的時候，就要好好檢視一下自己重音到底有沒有放對地方。

除了查詢字典確認重音，並多次練習之外，還可以透過字尾來判斷重音。-tion 結尾的單字，第一直覺會想到的是詞性，也就是名詞，有太多以 -tion 結尾的單字都是名詞，像是 nation、conversation、ration、dictation、donation、revelation、operation、situation、ambition、position 等，**但除了詞性，你還會想到甚麼？**

Part
1
如何和英文拉近距離

Part
2
英文單字三大記憶法

Part
3
英文學習工具介紹

Part
4
番外篇

仔細看看這十個單字，會發現**重音都是落在倒數第二個音節**，請試著唸唸這些字，感受一下重音位置：

NAtion	reveLAtion
converSAtion	opeRAtion
RAtion	situAtion
dicTAtion	amBItion
doNAtion	poSItion

　　下次看到 *-tion* 結尾的單字，搭配上重音的位置，發音的正確率會增加很多。試著唸接下來較有挑戰的單字吧：

abLUtions	amalgaMAtion
abDUCtion	adulteRAtion
adDUCtion	annoTAtion
obJECtion	appropriAtion
amelioRAtion	

　　除了可以從字尾看出該單字的重音位置，**詞性的變化可能也會改變重音的位置**，像 record 這個字，分成兩個音節，當作名詞重音是在第一個音節，當作動詞重音是在第二個音節，像這種規則還能套用在其他單字上嗎？請看看 export、import、addict、attribute、conduct、produce、contract、increase、decrease、desert　這幾個字，是不是也和 record 的發音規則有異曲同工之妙呢？熟悉

了這幾個字之後就會發現，如果該單字有動詞和名詞，通常**名詞的重音在第一個音節，動詞則是在第二個音節。**

但不對啊，hammer、sprinkle、grumble、glitter、flicker、fiddle、pickle、crumble、giggle、ramble 這幾個字明明都具有名詞和動詞兩種詞性，但是重音卻沒有因為詞性而改變，這又是為什麼呢？我發現，如果該單字有名詞和動詞，而且是以字首和字根合成的單字，這些單字的重音改變大部分都可以參照 record 這個字，若該單字不是以字首和字根合成，就不能參照此重音規則。

下次看到單字可以先檢視是否有熟悉的字尾，如果有，可以參照以前學過有相同字尾的單字的重音位置來發音；如果沒有，看看這個單字是不是同時有名詞和動詞的詞性？若是的話，接著判斷該單字是由字首和字根合成的嗎？是的話，重音的位置就可以參照 record 這個單字；不是的話，重音則常落在第一個音節。

看起來我們已經完全征服重音了，但我必須告訴你，這些規則並不適用在所有單字上，就如同我說過的，英文單字是來自很多語言，每個語言的發音規則都不盡相同，我們並不能單憑幾條規則就能解釋所有單字，只不過，若能善用這些規則，你已經可以解決很多單字的發音了。

Chapter 2 那些 *con-*、*com-* 開頭的字你唸對了嗎？

　　我是一個很在乎發音的人，只要看到一個新的單字，我一定會去查要怎麼發音，讓自己的發音近乎完美，但我知道，不管怎麼努力，我都還是有可能會發錯音。另一方面，我很難忍受有人發音錯誤，只要聽到同學發錯音，我一定會糾正他們，這聽起來好像很討人厭，但本著想讓他們英文變得更好的初衷，我想我會堅持下去的。

| 1 | 發音，是學好英文的最基本

　　學一項語言，排除課業的需要，其目的就是要能夠溝通。試想，當大家都用英語在溝通時，若因為很多單字都發音錯誤，這樣不僅聽不懂對方在說什麼，對方也不會理解你想要表達的。語言的四個面向：聽、說、讀、寫，**光是無法說出正確的發音，你就立刻失去其中兩項技能了。**

　　接下來要講的是我在高中時無意間發現的規則，好像也不能說是規則，應該說這些 *con*、*com* 開頭的單字「通常」是這樣發音。

　　請看看以下我和別人聊天的內容：

　　我在紙上寫了四個單字：computer、communication、concern、conversation。

我問同學：「這四個單字你會怎麼唸？」

他馬上回答了，他說：「每個單字前面的 *com* 跟 *con* 都有個共通點，中間那個母音 o 都是發 [ɑ] 的音。」

我說：「conversation 發對音了。」

「蛤？另外三個發錯了喔？」他錯愕。

「也不能說錯了，應該說有一個比較常聽到的發音。」

「好啊，那你跟我說！」

「如果 *com* 或 *con* 不是重音節，這個 o 應該要發成 [ə] 的音。」

（他照我講的那樣，再唸了一次。）

「對，就是這樣，你有沒有發現其實這種單字在音標上都是發成 [ə] 的音，只是很多人都會把每個 *com* 或 *con* 開頭的字的 o 發成 [ɑ]。」

「（他馬上查字典）對欸，音標也是標 [ə]。」

「這樣說好了，其實我覺得只要聽得懂就好，但是我會偏向這樣發音，因為這樣發音也比較符合重音的規則，如果重音在第二個音節，它的前一個音節，也就是第一個音節，不用把音發得太重或太用力。」

「懂了！懂了！」

上面這段對話我已經跟很多人分享過無數次了，我常跟高中或大學同學舉這個例子，漸漸地也會跟一些我不認識的人分享（因為在學校會有跟別系的學生用英文聊天的活動），他們一開始聽到時，都對自己長久以來所犯的錯誤感到不可思議。

|2| *con-*、*com-* 的變體

　　說到這裡，我覺得有一件事還蠻奇怪的。相信你知道 *com-* 和 *con-* 是字首，其實這兩個字首還有其他變體，加起來共有 *com-, con-, co-, col-, cor-* 這五個，前三個字首比較常見，後面的兩個字首你可能較不熟悉，以下舉例說明：

1. collapse

2. collaborate

3. collation

4. collateral

5. collect

6. collide

7. colloquial

8. collude

9. correct

10. corroborate

11. corrode

12. corrupt

　　不知道你發現這 12 個單字的共通點了嗎？這 12 個單字的重音均落在第二個音節，至於為甚麼我要提這 12 個單字呢？我剛剛說我發現很奇怪的問題就是這個：因為大部分的人看到 collapse 都會發成 [kə`læps]，並不會發成 [kɑ`læps]，但是有些人看到 computer

卻會發成 [kəm`pjutɚ]，明明這兩個單字重音都是在第二音節，為什麼有些人看到 *com* 或 *con* 開頭的字，它們會把 *com* 跟 *con* 都發成 [kɑm] 跟 [kɑn]，這點令我感到疑惑。

再看看 correct 這個字，我相信大家都會唸成 [kə`rɛkt]，並不會唸 [kɑ`rɛkt]，唸成這樣會非常奇怪。唸完這個字之後，再想想其他 con 或 com 開頭且重音在第二音節的字，並且唸唸以下的單字（有些單字會有兩種唸法，但大部分的重音都在第二音節），以後就可以避免唸錯了：

1. combatant
2. combine
3. commission
4. commit
5. communicate
6. community
7. commute
8. compel
9. compete
10. compare
11. complain
12. complete
13. complicit
14. comply
15. comport
16. compose
17. compress
18. comprise
19. compute
20. concerted
21. concise
22. conclusion
23. concord
24. concur
25. condemn
26. condition
27. conduct
28. confess
29. confer
30. confide
31. confine
32. confirm
33. conform
34. confront
35. Confucius
36. confuse
37. confute
38. congestion
39. conglomerate
40. conjunction
41. connect
42. concern
43. connote
44. conscription
45. consensus
46. consent
47. conservative
48. consider
49. consign
50. consist

Chapter 3 你有聽過 schwa 嗎？

不知道你有沒有聽過 schwa，中文是翻譯成「央元音、中央元音」。

央元音 [ə] 普遍出現在很多單字裡，發音部位正好在口腔的中間，很容易發音，也因此容易被弱讀或省略。

|1| 當母音發 [ə] 時，要特別注意

元音即母音，而中央元音的英文是 mid central vowel（見下圖）。

schwa 是唸作 [ʃwɑ]，而 schwa 在音標裡面是代表 [ə] 這個音，這個音可以在很多單字裡面聽到，而且重點是，每個母音「弱讀」的時候都可以發成這個音，也因為很多母音可以發這個音，所以在拼字的時候就要特別注意了。

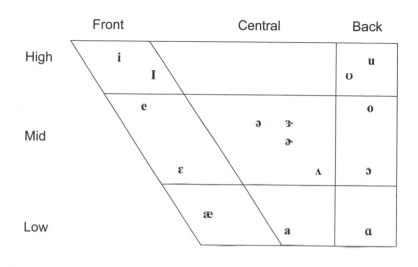

母音發 [o] 的時候

1. human 的 a
2. sudden 的 ǝ
3. president 的 i
4. occur 的 o
5. campus 的 u
6. syringe 的 y

這些母音都是發 [ǝ] 的音，也就是 schwa，不只這樣，有的複合母音也是發 [ǝ]，像是 captain 的 ai 也發 schwa 的音。

包含 schwa 的單字實在太多了，不勝枚舉，許多非重音節的母音，都可弱讀成 schwa，而提到 schwa 也是為了和上一單元相

呼應，因為 schwa 本來就是不會太用力發（unstressed）的音，所以那些 *con* 或 *com* 開頭的字裡，*con* 和 *com* 的母音不應該發成「啊」（[ɑ]）的音。

仔細聽聽外國人在講英文的時候，常常會聽到不是自己腦中所認知的音，像是 to 這個字，他們唸快的時候會變成 [t] 或是 [tə] 的音，還有像是 do 這個字，有時候也會變成 [də] 的音，只要那個字在句子裡面不是重點，那些母音往往會弱讀為 schwa。

這種省略或是減少發音的情況，其實在中文也有，像是當你在問別人價格的時候，「多少錢」這三個字，或甚至是「多少」這兩個字，只要唸快一點的話，「少」的注音「ㄕ」有時候也會含糊帶過。

- 可以自己試著唸唸看「多少」跟「多少錢」；可以去 YouTube 看看這部影片：

  （影片 1 分 56 秒處，阿滴快速地說了「多少」跟「多少錢」。）

Chapter 4 單字量 vs. 英文能力

單字是一個語言的基本。即便是不會說整句話，有時候只要適時的說出所需要的單字，也是能溝通意思的。

單字量與英文能力成正比嗎？其實不一定，若不懂得活用單字，背再多單字也不一定有用。

單字要多少才夠用呢？這個問題的答案，其實應該視學習英文的目的，以及學習目標而定；學習的範圍越來越大，單字量相對就會越來越多。

1 你的單字量有多少？

你知道自己有多少單字量嗎？

網路上有很多測單字量的網站，其中有兩個我最常用，可以測到自己大概的單字量。這兩個網站分別叫做 Test Your Vocabulary 和 Vocabulary test。

▶ Test Your Vocabulary

上 Google 查 Test Your Vocabulary 後，點
進去會看到很多單字，每個單字旁邊都會有一個
方塊。總共會有兩頁的單字，遇到會的單字就
打勾，最後會有一個問題（Research Survey）
要你填，這些問題應該是不影響測出來的單字量
啦。按下 finish 之後就會顯示你的單字量了喔！

▶ Vocabulary test

這個網站的測試方式比較特別，除了考你會
不會該單字，也會考你是不是真的有這個單字存
在，以防有人將每個單字都按「看過」，測出來
的數據會失真。

點進該網站後會看到 Go to the test 的按鈕，直接按下 Go to
the test 就可以開始測驗，但在測試之前，需要先填一些基本資料，
我猜這些資料可能是要拿去做研究的吧？

測試方式非常簡單，如果你會螢幕上所顯示的單字，按下鍵
盤的「J」鍵，反之，按下「F」鍵。網站有特別提醒，不會的單
字不能按「會（J 鍵）」，因為裡面會有些單字是會是杜撰的單字
（nonword, or pseudoword），如果螢幕出現杜撰的單字，但你卻

按下「會（J 鍵）」的話，最後會看你按了多少來斟酌扣分。全部
結束之後，就會顯示你大概知道多少英文單字。

這些數據都是大約值，不能完全代表你的單字量到底有多少，
所以如果要測試看看的話，可以抱著一點點玩遊戲的心態來測。

|2| 為什麼容易拼錯單字？

我在準備拼字比賽時，只把英檢的單字背好而已，那時候覺得
只要背熟這些單字應該就沒問題了。可是一想到比賽裡有聽音拼字
的項目，我便認為要先確認所有單字的發音才行，偏偏這是一件很
難的事。

有些單字拼字和發音不一致，而且有些單字很難拼，在拼字時
不是多一個字母，就是少一個字母；更常見的錯誤是，母音容易拼
錯。

我自己常常會有多拼一個或少拼一個字母的情況，像是 artillery
這個字，我有時候會拼成 artilery；或是 auxiliary 這個字，會拼成
auxilliary，而且拼錯之後還渾然不知。

Part
1
如何和英文拉近距離

Part
2
英文單字三大記憶法

Part
3
英文學習工具介紹

Part
4
番外篇

為什麼母音會拼錯？

主要原因跟我剛剛提到的 schwa 有關，因為太多單字裡面的母音都可發成 schwa，所以有時候會不知道這個 schwa 到底是要拼 a、e、i、o 還是 u。

拼單字還遇到什麼狀況呢？

還挺多的呢！像是剛開始聽到 pneumonia 這個字，我的第一直覺是開頭第一個字母拼成 n！但事實上，第一個字母卻是 p。pseudonym 這個字也是，明明聽起來是 s 開頭，但開頭卻還是 p。

或許你跟我當時的感覺一樣，感到奇怪餒！p 只要遇到 s 跟 n 這兩個字母，甚至是 t，都會變成啞音。

別忘了，在前面章節裡有提到，英文跟很多語言借字，借字時連發音也一起借。你可以去看看那些從法文借過來的單字，很多都很難發音；也有很多是光聽它的發音，根本沒辦法直覺地拼出正確的單字，像是 connoisseur 這個單字。另外，從法文來的單字有些也都長得很奇怪，像是 entrepreneur、déjà vu、bête noire、manoeuvre（maneuver）、foie gras、hors d'oeuvre 等。

不只法文字，我還背過一個長得非常奇怪，而且是來字德文的單字－ Weltanschauung。好啦，其實真的不用背到這種字，但因為它的拼字跟發音都非常奇怪，所以當時才想把它背起來。

接下來，一起來看看我在準備拼字比賽的時候，所整理出來覺得比較難拼或比較有挑戰的單字，又或是容易搞混的單字（全部來自「全民英檢官網」提供的字表）：

1. artillery
2. apprentice
3. brassiere
4. brownie
5. caffeine
6. celsius
7. cassette
8. champagne
9. controversial
10. correlate
11. corps
12. debris
13. decent
14. descent
15. diesel
16. chisel
17. discotheque
18. empirical
19. imperial
20. fahrenheit
21. fascism
22. fascist
23. gauge
24. ghetto
25. gorilla
26. guerrilla
27. gypsy
28. handkerchief
29. haven
30. hippopotamus
31. hygiene
32. lychee
33. maneuver
34. mayonnaise
35. metallic
36. mosque
37. mustard
38. nadir
39. parsley
40. peninsula
41. perennial
42. philippines
43. quartz
44. reminiscent
45. reciprocal
46. reggae
47. regime
48. regiment
49. repertoire
50. reservoir
51. scissors
52. separate
53. sergeant
54. snorkel
55. sovereignty
56. spaghetti
57. squirrel
58. subtle
59. syntactic
60. synthetic
61. tertiary
62. tobacco
63. treacherous
64. transient
65. turbine
66. tyranny
67. utensil
68. vicinity
69. vicar
70. veterinarian
71. voucher
72. vinyl
73. waltz

Part 1
如何和英文拉近距離

Part 2
英文單字三大記憶法

Part 3
英文學習工具介紹

Part 4
番外篇

Chapter 5 拼字比賽（Spelling Bee）的祕密武器

在第一章的單元裡，你有看到我從高一做到高三畢業那年暑假的部分單字筆記了，這些筆記對我來說，非常珍貴，因為我花了好多時間準備。現在回頭看這些記錄，特別有意思。

接下來，我會按照時間軸慢慢介紹它們。這些都是我高中三年的心血，我有好多時間都花在整理單字上，也確實對我的英文學習及提升英文程度有很大的幫助，希望對你也會有相同好的影響和幫助喔。

|1| 冠軍的單字筆記

高中一開始背的單字書，我記得是一本黑紅封面的書，單字量是 2201 到 4500，大概是等於英檢中級的單字。在看筆記之前，我要再提醒你一次，以下筆記裡的單字都是我當時不會的單字。好，話不多說，請你跟我一起來看看我的單字筆記吧！

★ 因各家手機系統不同，若無直接掃描，仍可以電腦連結搜尋 https://tinyurl.com/ycmtfvns。

t farther weep mature ripe mill wander miracle whip wealth lawn

retend grin whisper faint swell swollen crown gang thread label fountai

mit glow quarrel knit weave shame monk nun poverty breeze tobacco

emperor wrap dose choke homicide slice bush plug splash kneel dee

w spit hay timber oak plaster poll stiff rob robber robbery ribbon tu

sew brass tulip shallow drown summary liver kidney swift tricky m

b handful seal stale elbow sincere inspect chew optimistic pessimisti

d tide lens ax beam pine gamble bet sleeve collar blouse awful outline

head drain pit comma period tropical leisure deposit temper handy p

nchy pill tablet ivory crutch rid mighty moist tumble dash vacant gown

w pottery ceramic guardian pave canyon cane fanatic luggage baggag

erk gossip dump dairy wreck hive knob alley limb aquarium biscuit bra

p burglar carpenter chatter plum chop circus coward mediate cradle

e penny dip ditch dockpad fare flea flock pea pint gallon gasoline hast

r pickle plumber plumbing lobster cosmetics porcelainorphan pancake

pity postage queer sack rot rotten rusty raisin scholar shepherd slippe

tab saucer stereo tailor tease tender trunk wax scrub wicked sprain cl

steep tack fairy tickle ticklish hollow kit tug lace laundry laundrom

low paw claw wink wrench razor yolk spade spice starve tame tortois

yawn evidence evident assume authority district labor extend extent b

當時排版、打字都是我自己一手包辦的，所以一定會有些錯誤，從這些錯誤中，你可以發現我從生澀到熟悉單字的歷程，其實是下了不少工夫來探索；還有，因為排版的問題，有時候兩個單字會連在一起（像是上圖的 porcelain 跟 orphan）。

obtain procedure demand reflect reference despite aspect literature literar

assure assurance insurance capacity council concept declare nuclear campaig

nevertheless arise frame devote intend intention emerge objective object

philosophy companion preserve distinguish distinct impact vast urge urg

minister ministry occupy initial estimate greasy expand expansion illustrate il

eliminate formula demonstrate demonstration candidate bond proceed vita

furnish panel intellectual lead shift orchestra compose composition pa

contentment encounter phenomenon rural urban tendency overcome trage

constitute constitution numerous prominent fundamental concentrate incid

critical detective elsewhere acre imply chamber sympathy sympathetic mer

deserve loan accuse consult consultant relieve flee welfare continuous p

intense intensity intensive intensify crack leftover tremendous regulation

machinery atom atomic witness prime dominant dominate interpret contrary

fort genuine horizon primitive severe merit curve dignity conscience lectur

cease opera enforce convention commerce reform favorable funeral arouse

cope realistic rhythm rhyme prompt forbid restore delicate anxious magnificer

discipline resemble protest drift incorporate raccoon inspection ballet modesi

gallery reputation outcome withdraw monument convey grind grace gracious

dispute maturity neglect split beam endure privilege publicity namely

interfere submarine abstract screwdriver context fulfill roughly exhaust or

evaluate cottage vessel attribute seagull divine disaster defeat stroke exaggera

desperate conservative mercy mineral cape cherish recreation moderate delig

請注意：前面我曾經說過，自己做的單字筆記絕對不能有中文，
除非是非常重要的單字，沒有必要的話，絕對不要寫上中文定義。

Part
1
如何和英文拉近距離

Part
2
英文單字三大記憶法

Part
3
英文學習工具介紹

Part
4
番外篇

chirp invade idle clumsy durable remedy cripple thoug

shameful telegraph mislead frost defrost eventual t

disorder circulate sophomore harsh ferry gangster dense

settler harmonica resign miserable perfume charity

sincerity wizard keen accountant basin blend knuck

conquer consonant vowel cord thread string cram cuc

digest dormitory dynasty elastic endanger errand fea

fragrant gene germ glide haste hasten hook infect inflat

nationality petal pirate revenge quake signature souv

tension hurricane vain recite vinegar voyage blessing

parliament sleigh courageous cunning doze dread en

fertile infertile fetch firecracker generosity sorrowfu

ignorant immigrate immigrant syrup lag landslide mud

madam mischief mustache tribal nursery nylon obe

overthrow pedal tug-of-war tug poisonous preferable

　　到目前為止的筆記都是出自高中第一本單字書裡的單字，當時覺得背完就會變得很強，但後來又看到 7000 單的單字書……馬上又覺得單字變得很難背。但在過程中，我不斷使用新的方法（字根首尾、格林法則），那個時候又發現，要背完 7000 單字反而不是難事！

discrimination merger remembrance curator commemoration disord

semi-conductor grant pension communist manifesto mount dismou

reign harness confrontation distinction distinctive entitle rifle pistol

wholesome adore worship glacier haunt chant sutra foul substa

prospect justify justification contemporary notion vague alter altar

execute executive execution implementation submissive estate en

proportion ratio chairman impose imposing succumb yield concess

prevail prevalent prevailing overall entire enroll stray astray jade bar

silkworm cocoon larval locust swarm bureau bureaucracy bur

immense extension extensive strain legislation lawmaking legi

legislator specialist resume entrepreneur industrialist observance

residence pediatrics reside dwell inhabit prior setting secure insecure

fabric fabricate toad cello viola fiddle eccentric whiskey tavern

pacific admiral colonel lieutenant sergeant restrain restraint wl

umpire vein artery treasury treasure treasurer gay lesbian susta

momentum impulse impulsive impetuous sacred suspend sus

sentiment sentimental porch corridor terrace exceed surpass excess

turnover miser miserly spendthrift puff obstinate flaw flawed flawles

incense innumerable lump mash convert conversion hazy obscure

snatch clutch clasp documentary reverse reversal vigor vigorous

boundary specimen circuit mythology widow widower secluded

ragged shabby scramble scrabble fuss fussy dressing condiment m

moss simmer preach gospel filial piety preacher missiona

midst mold startle startling devotion dedicate thrust sho

modify modification amend amendment reproduce p

despair overwhelm evacuate overwhelming embrace cc

gorge spectacle(s) spectacular patrol lest destiny destine

limestone limelight awhile badge hearty calligraphy h

fidelity honk sheriff marshal martial housing treaty cc

mumble lesson ethnic lumber lumberjack tilt segment sc

orientation orient Oriental Occidental spectator ample

whirlybird swirl kin clan batch bazaar bizarre devour go

merman nostril flared hood detachable bosom disper

dispenser dispensary fascinate fascinating infatuate inf

dull nucleus nuclei nuke exclaim exclamation

contemplation blot inkblot stride sprint gallop trot brunet

curriculum curricula extracurricular curricular loop cc

resentful bitterly resentment penetrate pierce penetration

cannibalism barbarian steer recession foil compound i

workshop seminar behalf renowned toast utter heave utt

lingering roam rove picturesque commodity marginal

背到這邊才發現短的單字超難背的啦！

beloved sturdy fragile stout robust anchor anchorage anchor
statesman haul launching bulk bulky patron patronize dismayed
grove compromise plow sow cultivate reap donkeywork bruise salt
gust doorway doorstep falter stutter feeble frail jug pitcher kind
artifact manifest manifestation loom commute comply conform at
boom thrive wither shrivel imperial empress majestic majesty
indulgence indulgent revive consent briefcase hostile hostility grud
agony agonize muscular ego egoism egoistic resort brood applaud
solemnly elevate assault premediate corruption corrupt bribe bribe
jolly joyous glee gleeful stalk crater sulfur sulphur fume slam
embody shiver quiver shudder sinister counsel counseling counselor
ward solitary sociable integration maternity scrap strip nude gro
endeavor creek aquatic crouch stoop monstrous delegate delegat
profile mingle suppress riot revolt dictator grim legible illegible
overflow trampoasis trample navigate navigation navigator p
rhino(ceros) poacher canal stack mound noticeable conspicuous clus
mock jeer boo taunt intent revolve soak tin zinc bronze trim mow he
patriot patriotic expatriate militia pilgrim ritual pilgrimage auditoriu
escort cell verdict nominate nomination nominee curb pedestrian
prick cactus cacti cathedral basilica shrine braid brooch caretaker j
magnify bass oxygenated carp trout folklore yarn anecdote

你可以看到三角形的符號愈來越多，表示單字忘記的頻率越來
高，但會忘記的都是那些短單字，可見能夠拆解的單字反而比較好
記憶！

watertight aisle algebra geometry geomancy allergy al
ly shrewd gullible rim verge fringe brink prop hoo
scend kidnap bachelor spinster ballot veto detriment
ividend slump botany bowels guts wrestling brace ra
oodlum hooligan canal strait Celsius Fahrenheit san
endor checkup Chile mustard sauerkraut clause cor
onsole consolation contaminate discharge reptile ar
eceive con deceit fraud deception deceptive deploy
ardrobe eel tentacle prey enchant pinch wring peg
trand strap sniff inhale hypocrite esteem parasite evergr
oup dormant eyelid eyelash format glitter glisten gloom
ebris grumble whine guideline handicap handicapped
arjack skeptical illegitimate hostage captive inward o
velihood locomotive clover tan suntan sunburn radiar
dging inland mansion manor fishy villa chateau maso
ontagious plague plaque mentor mistress concubine

背到這裡，發現好多單字其實生活中比較少用到，也很不常見；但 7000 單字又是個基本，說什麼都要把它全部都背起來！

Part
1
如何和英文拉近距離

Part
2
英文單字三大記憶法

Part
3
英文學習工具介紹

Part
4
番外篇

ivecourtyardcowardice cowardly crackdown dart arrow der
scriptive dropout dwarf excel fad fertilizer fertility infertility decen
asp glare stammer stump permissible stanza metaphor steamer stea
ware glassware silverware tableware depot gleam gypsy hairdo
herald hover howl growl snarl wail inborn innate hound fox
ick paparazzi learned lad lass cornea emission radiate lifelon
y haughty suitor maiden woo capture karate marvel massacre sla
ng mechanics mileage boyhood girlhood transition muse mutton
bin oblong chapel optical optics velvet wade wreath trench asphalt
ient orphanage extroverted rep introverted outskirts overeat ove
sleep pane passersby compassionate pastry tart pawn pawnshop
iple acne ointment piss urinate practitioner prophecy regain prophe
relic retort refute repay righteous reverend rod sneak sneaky comp
inate termination token invade toxic toxin tyrant tyranny vanity
ail retailer -Level 5administervaccine administration adminis
sunscreen suntan radiant radiator daffodil narcissus com
onstituency derive stem originate originality rash victor vict
iumphantly crust ultimatum faculty competent sound presume
phase convict conviction jury prosecutor crook crooked bent pi

為什麼 sound 這個字會被歸類為在 4500 單後的單字呢？

sound 這個單字很簡單是沒錯，但我們往往忽略單字的其他詞性，這裡要背的是 sound 的形容詞跟副詞意思。

wane wax hearing regardless disregard transaction quotient pers

viewpoint controversy controversial heated illusion mirage equate equ

specify attain attainment covet virtual virtually neutral veteran imp

warfare truce militant radical precision thereby thereafter hereafter a

creed motto adage layout removal clearance oblige obliged oblig

pothole inclusive exclusive exclude hurdle hindrance preside presid

utility utilize binoculars perception perceptive perceptible perceive s

intentional unintentional sabotage deliberately profound persist

mechanism textile texture cashmere mimic canvas pigment ch

metropolitan metropolis mattress inquire inquiry query inquisitive

temperament temperamental fiery sapphire emerald sociologist radic

urbane literal verbatim asthmatic prestige collective exert exertion real

proclamation naval navel subsequent municipal comprise convin

reliability miniature accord accordance accordingly unfold newly

overhead compartment clarity wording outing shortfall coordinate coor

plot assassinate incline prone inclination suburban outright tactic tactic

succession successively succeed successor predecessor scope desig

contestant predicament plight descent descend preliminary insignif

incompetent competence crisis differentiate holocaust rampant meas

itinerary sphere hemisphere criterion criteria norm diminish den

apparatus discharge heritage inheritance remainder vice vicious n

roomy closure enclosure hinder disclosure senator revelation dis

背單字之餘，別忘了要查查單字的用法和看例句。

falter magnitude diplomatic diplomacy suite attic regime realism gory
clone photocopier photocopy dome prescribe prescription vitalit
respectively organism explicit implicit lush stimulus skim bouquet affirm
pertinent sewer sewage supplement spectrum ideology intervene intervent
rite initiation fraternity offering exquisite turmoil imprisonment authentic
clinical span ambush shun uphold glamorous glamour omen steeply spc
casualty complexion betray betrayal clenched traitor treason intimacy dr
stunt exploiter twister monopolize tumorous ulcer duodenal benign maligr
denounce denunciation rational rationality irrational ration cavalry char
pupil sovereign sovereignty mar statute stature lawsuit outlaw su
productivity customary bellboy crude vulgar refined vulgarism aborigin
symptom medieval hack illuminate illuminating illuminated runway supp
willpower deem defect defective deformity posture recurring narrate narra
depict narrator pitcher catcher terminate terminal extravagant depictio
essence extract counterpart expedition avalanche bout clamp hind clench
grocer evolutionary feasible anonymity embezzlement deter deterrenc
outset onset fleet fleeting conspiracy conspire populate populous sprav
coherent incoherent coherence simplicity plainness simplify sheer intact fr
analogy simile displace famine displacement disgrace disgraceful friction
diagram graph detergent frown empathic detachedaddresseefoster r
uprising rebellious naturalist breakthrough outbreak flare amass cur
threshold prejudice bias salvation disastrous devastating peninsula stabi

　　背到這裡才理解：如果一個單字的詞性或意思有很多，那種單字才是最難背的，有空可以去查查這個單字的所有定義，像是 maneuver 這個字的定義，我到現在還是沒辦法背得很完整。

unanimously motion fortify donor slot nurture jaundice con
abundance abundant incentive feasible plausible implausible compati
incompatible dictate dictation confide barometer mobilize subjective can
renaissance cemetery coffin casket cremation hearse carcass interment ti
grassroots shed warrant warranty ammunition depot bombard intrude encro
tropic subdue repress oppress autonomy autonomous anatomy specul
envision visualize rehabilitate rehab beckon distort distortion misrepresen
ordeal facet comparable comparatively compile repel repellent di
undermine impair lengthy conserve transcript transcribe soothe crucial
resolute steward stewardess fret linguist purity purify clarity impu
projection projector synthesis synthesize synthetic therapist defuse dive
diversify elite formidable redoubtable colloquial outfit preoccupy p
well-being alienate alienation quaint slash smack squash sardine anter
sanction antagonism sarcasm sarcastic mainstay divert distract divers
cordial domain trespasser yearn crave yearning akin degrade humilia
aspire predecessor descendant indignant indignation fury reservoir setu
blackmail photogenic generalize sever propel propeller hail dent rhyth
sanitation sanitary cholera waterborne trek premium endowment disperse u
throb prominently solidarity endorsement refine refinery refineme
windshield lyric lyrical coalition criminology potent potency subordi
collision paramount utmost mastery ABC grope prowl acclaim accou
recurrent recurrence auction bleak dreary arrogant cocky arrogance aftern

　　真的要去查單字的用法，如果可以，要試著造句練習，不然過
了一段時間會忘了怎麼用。

hypertension directory commentary commentate commentator col
tact tactful tactics census sensual censor consecutive debris det
aggravate discomfort doom doomed enlighten enlightenment exp
valiance valor hinder infidelity famine starvation footnote quen
irritable irritation ransom industrious forum splendor sizzle char
spiky sane spiral spire nourishment nutrient meek compliant l
melancholy ulcer mentality mindset proficient premier literate il
malaria endemic sanitation smallpox tuberculosis airborne
panoramic breathtaking paralyze paralysis perplex perplexed l
pious devout punctual rape reconcile reconciliation notorious
frugal poach spouse sneer seductive lure superfluous vibrant plu
rehearse hectic repent rhetoric rhetorical rigorous strangle suffo
tempest downpour tranquilizer narcotic usher versatile versatility
condense dissident dissent dictatorial activist differentiate aptit
baffle perplexing bland blunder brisk cater caterer chunk
bigheadedness conceited conquest contractor ache crumble disr
cynical cynicism dubious truant dusk disciplinary discreet discreti
dosage dynamite intellect imminent extravagant lavish ponder lo
erode corrode etiquette exempt faction fling crumple humanitari
ball hypocrisy fraudulent maniac ingenious ingenuity lament

從這時候開始，我會加上字根首尾的意思；同時，我開始查字
源。掌握字源，搭配著格林法則，就可以解決很多單字。要是早點
知道這個方法該有多好啊！

transplant trespass off-limits outnumber outdistance obsess obsession outrage in
outrageous pact overturn topple pathetic parole pollutant relish retaliate ret
royalties smuggle soar escalate trauma trophy unrest upheaval upbringing rearing
vogue whatsoever ravage devastate ravages shilling

GEPT High-Intermediate Level 4501~7000

Note

ravage：蹂躪，摧毀

看到這裡，當時我的 7000 單字學習已經告一個段落了。你以為筆記到這裡就沒了嗎？當然不是，只要背完某本單字書，我就會再去找更多單字來背。

非常湊巧的，因為那時候拼字比賽的單字，包含英檢中高級的單字，雖然 7000 單字跟英檢中高級的單字重疊度還滿高的，但還是有些許不一樣，於是我去英檢官網看英檢中高級字表，我把 A ～ Z 的單字全部看過一遍，再把所有不會的單字打在 Word 裡，持續我背單字的旅程。

Part
1
如何和英文拉近距離

Part
2
英文單字三大記憶法

Part
3
英文學習工具介紹

Part
4
番外篇

bolster bondage booth borough bracket breach brigade brink brisk brittle br

brute buck buffer bunker bust cartel cashier cavalry chapped charter ches

chuck clamp clan clause cockpit composite compress conceit concei

configuration consortium constrain contrive convene converge cork coup c

crib crumb crumble cult curb cylinder dame daring dazzle decree deduce

demise denote deploy deteriorate diesel dilute discrete discreet disintegrate

disrupt dissent dissipate elicit eligible embargo embed embryo empirical er

entity envoy epoch erotic erroneous exempt exile exposition extradite feat fi

flaw flicker fling flop flounder flutter forge fortnight fraud gaseous gasp gau

gobble gore grate grim grip groove grope grove growl grumble guild gulp

hamper hardline haste hierarchy hinge hound hull hurdle immerse immir

incumbent incur inertia infantry inflict inlet inmate inning instantane

intelligible interim intermittent intimidate intricate intrigue invalid invari

inviting irrespective jeer jersey justified lament lash latent lawsuit lease lee

libel limp linear liner lining lounge lucrative lump lynch made-up mafia

maiden mandate maneuver mare marshal mash meditate mellow mercury

miscarriage monetary moor mortar mosque mower mule mumble mute nadi

newsreel nick obituary obligate oblige obscene offset optimum outrage

pail par parameter parish parsley pasture peg pendulum permeate pinch pl

pluck poised pope pore postulate potter prairie preclude premiere promise

pretext prick privatize proclaim proliferate propagate prosecute provided

prowl prune publicize putt quake quantum quart quartz queer query rag ra

有沒有發現這些單字更少見了呢？要背完這些單字也花了我不少時間呀！

Part
1
如何和英文拉近距離

Part
2
英文單字三大記憶法

Part
3
英文學習工具介紹

Part
4
番外篇

rash ratify ravage rave reciprocal reclaim refute reggae regiment relegate relentless
relish reminiscent remnant render repertoire repress reproach resolute resultant retaliate
retention retort retrieval rhetoric rig rigor rip roach rocky rouge rugby runner-up run-up
rustle ruthless safari saloon salvage saturate scramble scrap scrape scrutiny sculptor
seam secrecy sergeant serviceman setback shaft shaped shatter shear sheer sherry
shiver shred shriek shudder shutter sideways signify skipper skirt slack slate slick slit
sloppy slump sly smuggle snarl sneer snorkel snort solicitor solidarity soluble
sovereign spatial spike spire spiral sprawl squat stagger stall stammer starch starl
starter static statutory stature steep sterling stew stink stout striker stripe stroll stump
stun stunt sturdy subsidize sue surge surveillance swamp swarm symposium syndicate
syntactic syntax tablespoon tabloid takeaway takeover tally tan tanker tar taxation
tedious teens tempest tentative terrestrial territorial terrorism testament textual thereby
thesaurus throb tinkle tint toady toddle tonic tonne topple touchy tract tractor trade-in
tramp traitorous transcendent transcribe transformer transient transistor traumatic

最後，總算是把英檢中高級單字背完了。要把中高級的單字在短時間內背完，真的要非常大的勇氣，也花了不少力氣，而且常常會忘記一些單字的意思，所以需要非常多的耐心跟堅持，才能熟記這些單字。

背完中高級的單字之後，我有好一段時間沒有背單字了，因為我總覺得這些單字夠我用了。

有一回，我習慣性地又到書店逛逛看看有什麼新書時，無意間看到了一本英檢高級的單字書，我心想：「英檢官網都沒有公布高級單字表，為什麼市面上會有？」於是拿起來翻了一下，發現裡面有些單字真的蠻難的。所以，我就把那本書買回去，開始做一樣的事－繼續我的單字筆記。

*be loath to V
*loath(a)
*abase yourself *unabated (a)
*storm/rain abates *(...spending) *loathe Ving : poverty/
failure

abase abate curtail usurp loathe abject
*low (vt) (v.i) out (vt) use seize (vt) (vt) (a)

*to not vote
abstain from abstemious ascetic temp
(vi) strong dink *...habits *...life (a/n) *his/her

get/become abusive expedite acclaim a
*be in to *in letter *in the process be med for *be med as

denounce vinegarish acidulous acidy
*...in sb. as (vt) *...in taste (a) *the...
*...in portrait of sb.

acrimonious caustic actuate incite acume
*...in dispute/ divorce (a) *comments (a) (vt) (vt) *sb. to V *business/
*...in substance think *...in racial hatred financia

adjunct adjunctive admonish disfigure a
in to (n) *...in sb. for Ving (warn) (vt) *be horribly med (vt)

mischance affable affected attitudinize a
*by... (a) (a) *affected
(not sincere)

penniless fallout agape dumbstruck proxy
(a) *... (a)

Part
1
如何和英文拉近距離

Part
2
英文單字三天記憶法

Part
3
英文學習工具介紹

Part
4
番外篇

Chapter 6  Instagram 和臉書粉絲專頁分享

我一直都很喜歡教別人背單字，因為我發覺太多學生背單字缺乏方法。有一次楊智民老師提醒我，希望我可以透過創辦粉絲專頁來幫助更多人有效地背單字，他希望內容以記憶單字的方法為主，最好隔幾天就新增一篇貼文。聽到這個建議之後，我立刻創辦 Instagram 的帳號，同時自己設計貼文的風格，包含排版及內容，希望能與更多的人分享與交流。

一開始設計的樣貌較陽春。如下圖：

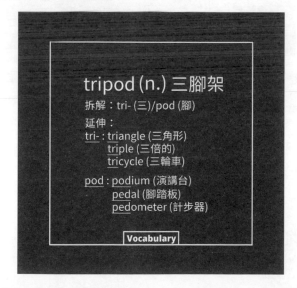

我的國中同學看到這幾篇貼文之後，對我說：「你的設計不好看。不然我現在幫你全部重新設計。」我聽了相當開心。

在他重新設計、將檔案傳給我之後，我收到時相當驚喜，因為不僅更加清楚明瞭、更好閱讀，而且很有質感，我非常喜歡！如下圖：

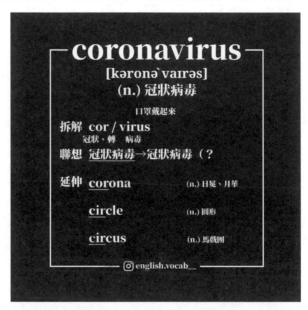

希望這樣風格清晰的版面，能讓大家學習更容易也有幫助。若是想要追蹤我的單字分享專頁的話，有以下兩個平臺：

▶ Instagram，帳號是：english.vocab__（有兩個底線）或者掃下方的 QR Code。

▶ Facebook，專頁名稱是：單字神速記憶魔法—幫你的單字量開掛；或是掃下方的 QR Code。

最後，祝福大家學習愉快也成功！

參考書目

一、中文部分

1. 忻愛莉、楊智民、蘇秦（2019）。**格林法則單字記憶法：音相近、義相連，用轉音六大模式快速提升 7000 單字學習力**。臺中市：晨星。

2. 李平武（2016）。**英語詞綴與英語派生詞**。上海市：外語教學與研究。

3. 李平武（2019）。**英語詞根與單詞的說文解字**。臺北市：文光圖書。

4. 俞敏洪（2009）。**GRE 字彙紅寶書（附 MP3）**。新北市：眾文。

5. 張學明（2017）。**字源學英文**。新北市：商務。

6. 莫建清（2005）。**從語音的觀點談英語詞彙教與學**。臺北市：三民。

7. 莫建清、蔡慈娟、甘秀琪、何佩融（2007）。**聽聲辨意：輕鬆學單字**。臺北市：文鶴。

8. 陳冠名、楊智民（2019）。**我的第一本格林法則英文單字魔法書：全國高中生單字比賽冠軍的私密筆記本，指考、學測、統測、英檢滿分神之捷徑**。臺北市：凱信。

9. 黃佰隆（2015）。**英語易混淆字速查字典**。臺中市：晨星。

10. 楊智民、蘇秦（2017）。**地表最強英文單字：不想輸，就用「格林法則」背 10,000 個英文單字（1MP3）**。臺北市：我識。

11. 楊鵬（2018）。**17 天搞定 GRE 單詞**。北京市：海豚。

二、英文部分

1. Lewis, N. (2014). *Word power made easy: The complete handbook for building a superior vocabulary.* New York: Anchor Books

2. NA. (1992). *The Merriam-Webster dictionary of synonyms and antonyms.* Springfield, Massachusetts: Merriam-Webster

語研力 E037

全國高中生英文單字比賽冠軍的私密筆記：
英文字神教你三大記憶法，帶你從學習中脫困，大考逆轉勝

一本從「學習者」角度出發的語言學習書，讓你對「背單字」完全改觀！

作　　　者	莊詠翔
審　　　訂	楊智民
顧　　　問	曾文旭
編輯統籌	陳逸祺
編輯總監	耿文國
主　　　編	陳蕙芳
文字校對	翁芯琍
內文排版	吳若瑄
封面設計	陳逸祺
法律顧問	北辰著作權事務所

印　　　製	世和印製企業有限公司
初　　　版	2020 年 6 月
初版十刷	2023 年 2 月
出　　　版	凱信企業集團 - 凱信企業管理顧問有限公司
電　　　話	（02）2773-6566
傳　　　真	（02）2778-1033
地　　　址	106 台北市大安區忠孝東路四段 218 之 4 號 12 樓
信　　　箱	kaihsinbooks@gmail.com

定　　　價	新台幣 320 元 / 港幣 107 元
產品內容	1 書

總 經 銷	采舍國際有限公司
地　　　址	235 新北市中和區中山路二段 366 巷 10 號 3 樓
電　　　話	（02）8245-8786
傳　　　真	（02）8245-8718

國家圖書館出版品預行編目資料

全國高中生英文單字比賽冠軍的私密筆記：英文字
神教你三大記憶法，帶你從學習中脫困，大考你逆
轉勝 / 莊詠翔著 . – 初版 . – 臺北市：凱信企管顧問，
2020.06
　面；　公分
ISBN 978-986-98690-4-1(平裝)

1. 英語 2. 詞彙 3. 學習方法

805.12　　　　　　　　　　　　　109004006

凱信企管

用對的方法充實自己，
讓人生變得更美好！

凱信企管

用對的方法充實自己，
讓人生變得更美好！